COBALT-SERIES

炎の蜃気楼《ミラージュ》昭和編

散《さん》華《げ》行《こう》ブルース

桑原水菜

集英社

炎の蜃気楼《ミラージュ》 昭和編

散華行《さんげこう》ブルース

目 次

人物紹介

加瀬賢三
上杉景虎

冥界上杉軍の大将。かつて「レガーロ」でホール係をしていた。

笠原尚紀
直江信綱

医学部に通う大学生だったが、織田に養父母を殺されたことで大学を退学。織田との戦いに専念する。

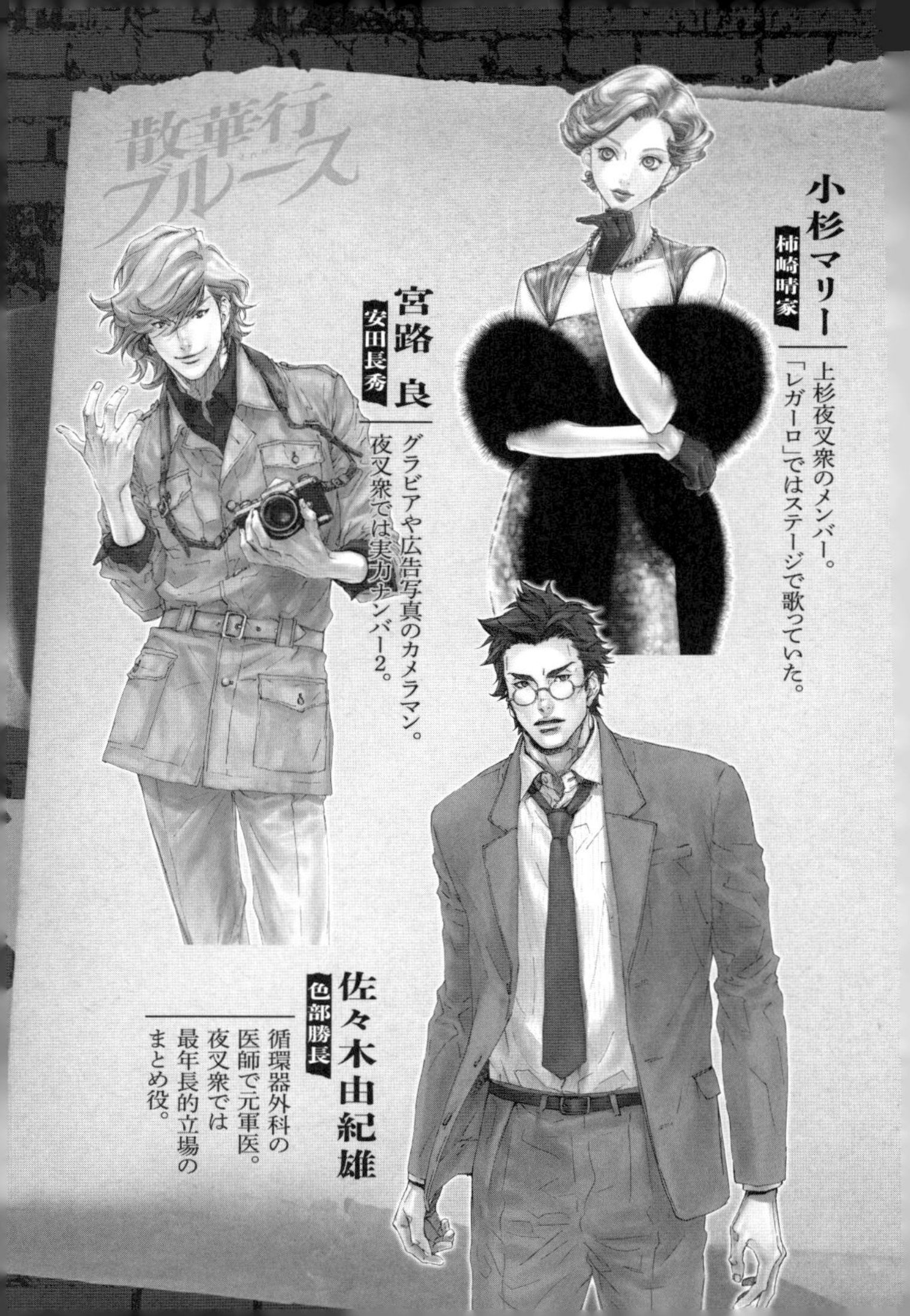
散華行ブルース
小杉マリー
柿崎晴家
上杉夜叉衆のメンバー。
「レガーロ」ではステージで歌っていた。
宮路良
安田長秀
グラビアや広告写真のカメラマン。
夜叉衆では実力ナンバー2。
佐々木由紀雄
色部勝長
循環器外科の
医師で元軍医。
夜叉衆では
最年長的立場の
まとめ役。

朽木慎治

織田信長

「レガーロ」のボーイ兼用心棒だった。行方不明になっていたが、信長としての記憶を取り戻し、景虎たちと対立する。

ジェイムス・D・ハンドウ

森蘭丸

大崇信六王教の当主・阿藤が大株主である阿津田商事の重役。

散華行ブルース

北里美奈子

音楽家一族の令嬢。
実は養女であり、
龍女の血を引いている。

高坂弾正

神出鬼没の武田家臣。
夜叉衆と敵対したり
助けたり、
謎多き人物。

これまでのあらすじ

昭和三十三年、東京。加瀬（景虎）は「レガーロ」でホール係として働いていた。マリー（晴家）は同じ店の歌姫。ある夜、店のボーイ・朽木の前に、戦死した彼の友人の名を騙る男が現れた。景虎たちは男に襲われた朽木を助ける。実は二人は朽木を守るため、「レガーロ」に潜入していたのだ。

一方、医大生・笠原（直江）は、龍に守られた後輩・坂口と知り合う。彼も不審な人間に狙われていた。坂口は武田ゆかりの龍を祀る一族で、龍女が生む『龍のうろこ』を持っていた。坂口の実家へ赴いた矢先に龍女が殺され、直江は新たに龍女となった音楽一家の令嬢・美奈子を護衛することに。

二つの事件には六王教が絡んでいた。実は朽木こそ信長が換生した姿であり、『龍のうろこ』で彼の鎧を作るため、龍女や坂口が狙われていた。そして、朽木は「レガーロ」から姿を消す。

（「**夜啼鳥ブルース**」）

朽木が去った「レガーロ」で、バンドメンバーに原因不明のアクシデントが続く。そんな折、店のオーナー・執行の前に、芸能プロダクション社長の早枝子が現れる。執行と因縁がある彼女の狙いは〝「レガーロ」乗っ取り〟。バンマスまでも倒れるが、急遽美奈子が演奏し、事なきを得る。早枝子の周辺には織田の影があり、景虎たちが調査に動き出す中、店に爆破予告が届く。

爆破予告は織田の息がかかった大進興業からの脅迫状だった。景虎たちは店に立てこもるが、景虎はバンドメンバーたちを襲ったものと同じ呪いを受けてしまう。しかし、織田の真の狙いは大勢の客を乗せた電車の爆破だった。今まで所在不明だった長秀の働きによって計画は阻止。景虎の呪いも解かれる。一連の事件は、信長として目覚めた朽木の指示で行われたものだった。

（「**揚羽蝶ブルース**」）

爆破予告の一件以来、美奈子は「レガーロ」でピアノを弾くようになっていた。マリーにデビュー話が持ち上がる中、店に東雲次郎という男から髑髏が届く。また、都内の結婚式場では花嫁が倒れる異変が起きていた。

原因は婚礼衣装に取り憑いた霊。同級生が巻き込まれたこともあり、直江は調査に乗り出す。同時に次郎の正体を探り、「レガーロ」で働くナッツとのつながりが判明する。

　次郎の弟・三千夫の指示を受け、ナッツが仕掛けた呪詛が発動し、景虎は店で倒れた。三千夫は六王教から髑髏を盗んで追われており、次郎はすでに亡くなっていた。しかし、弟を心配する次郎は三千夫の霊媒体質を利用し、景虎のもとへ髑髏を送りつけたのだ。憑き衣の主導霊でもあった髑髏の正体は、信忠の婚約者・松姫。信長は髑髏を用い、皇太子の成婚パレードを見守る民衆を操ろうとしていた。次郎の協力を得た夜叉衆は織田方を追い詰め、景虎は信長と対峙する。彼を殺す絶好のチャンスだったが、信長が見せた朽木の姿にとどめを刺せなかった。

（「**瑠璃燕ブルース**」）

　髑髏事件からしばらくのち、景虎は霊を活性化させる流しのバイオリン弾きに出会う。そして、東都大の構内では不発弾が爆発。現場はかつての陸軍の秘密研究所。以来、学生の間で「死者を乗せる船の夢を見る」という奇妙な現象が広がる。

　バイオリン弾き・丈司と接触した長秀と晴家は、彼が付喪神付きのバイオリンを織田絡みの人間に売れと迫られていると知る。バイオリンは叔父・幸之助のもので、彼は弾いたら死ぬ曲を書いたという。三人は怨霊に襲われ、バイオリンは死守したが、丈司を拉致されてしまう。

　丈司を救出する際、怨霊との戦いで怪我を負った景虎は信長と遭遇。美奈子は若い女の霊に導かれて山手の天主堂へ向かい、瀕死の景虎を見つける。そんな美奈子のもとにも幸之助のバイオリンがあった。治療を受けた景虎は『死の船』の夢を見、直江の反対を押し切り、夢へと潜る。

（「**霧氷街ブルース**」）

　調査の結果、直江は陸軍が旋律兵器の研究を行っていたと知る。そこで殺人楽曲を作ったのが幸之助だった。すでに楽譜は失われ、丈司だけが暗譜している。直江が病院へ戻ると景虎の身体が消えており、ふたりを繋

これまでのあらすじ

ぐ命綱も切れた。
　一方、景虎は夢で美奈子と遭遇。船の付喪神であるマリアから、バイオリンに封じられ、無人兵器の実験に利用されたと教えられる。それこそ丈司が持つ「テオトコス」。美奈子宅へ預けられていたのが「二番目のテオトコス」だった。
「第二のテオトコス」のせいで織田に狙われた美奈子を逃がした晴家は信長に捕まる。そこへマリアに執着する科学者・ヨハンに憑依された景虎が現れ、さらに『死の船』が地上に現れる。だが、船を通じて人々の無意識を支配しようとする信長にヨハンが刃を向ける。彼の真の目的は直江の力でマリアの魂を美奈子へ換生させることだった。間一髪、景虎の魂は肉体へ戻り、ヨハンとマリアを調伏した。

（「夢幻燈ブルース」）

　むげん丸の事件後、直江は学生運動の過激派である「闘学連」に潜入し、得体のしれない霊気をまとう十文字を監視していた。また、織田に狙われる美奈子は松川神社に匿われる。親しくなる景虎と美奈子に直江の胸は重く塞ぐ。
　そんな中、長秀や晴家、色部が《調伏力》を失う。ほどなく景虎たちも、原因となった霊・トウジロウに襲われる。美奈子に憑依した布良という霊によれば、トウジロウの正体は長島一向一揆の赤蜥蜴衆のひとりで、仲間を裏切った男らしい。この戦闘が原因で直江は昏睡状態に。さらに「レガーロ」でのラストステージに信長が現れ、晴家が声を失う。
　闘学連を含め、合同での国会デモが決行され、景虎は十文字に憑依したトウジロウと対峙する。昏睡から目覚めた直江も合流し、夜叉衆はトウジロウたちと激闘をくり広げた。そして、彼が施した鬼術を解かせ、《調伏力》を取り戻す。

（「無頼星ブルース」）

　火事を装った呪詛により、笠原（直江）の養父母が殺された。晴家の声も戻らないが、夜叉衆は首都高速を使った六王教の東京霊都化計画を阻止すべく、橋脚の破壊工作を行っていた。そんな中、景虎のドッペルゲンガーが現れ、そのせいで景虎は警察に拘束される。やがて公安へ移送されるが、それは滝川一益と森蘭丸が上杉方へ和睦を申し入れるための偽装工作だった。事情を知った直江たちは景虎の分身を生み出した邪法を破るべく六王教へ乗り込む。苦戦を強いられるが、分身を自ら操った景虎により形勢は逆転。景虎の奪還にも成功する。

（「悲願橋ブルース」）

信長の策略により指名手配犯として追われつつ、夜叉衆は織田潰しに奔走する。色部は六王教が呪法に使った身元不明の乳児を保護。景虎は朽木を恨む少年・鉄二と知り合う。鉄二は初生人ながら千里眼と念動力を持っていた。直江は蘭丸から裏切りを持ちかけられ、懊悩する。そんな中、景虎と信長は謎の修行僧によって重傷を負わされた。景虎は警察に身柄を確保され、救急車で運ばれるところを夜叉衆に奪還され、天目山の坂口家に匿われる。家を捨てた美奈子がそこへ現れ、ふたりは束の間、穏やかな時を過ごす。だが織田に見つかり、景虎は美奈子と鉄二を連れて逃げる。そして、かけつけてきた直江に「美奈子を連れて阿蘇へ行け」と命じる。

（「紅蓮坂ブルース」）

息が詰まるような逃避行の日々を経て、直江と美奈子は阿蘇へ辿り着いた。二人は景虎の知人である柳楽が管理する山荘で隠棲生活を送ることに。一方、景虎は織田が成そうとしている産子根針法を阻止すべく、鉄二とともに月山に向かっていた。そして、合流した長秀に直江と美奈子を一緒に行かせたことを責められる。微妙な関係を危惧する長秀は八神に命じて美奈子を殺そうとするが、その思惑に気づいた景虎により阻止される。

そんなある夜、景虎が美奈子にだけ自分の夢を打ち明けたことを知った直江は絶望し、彼女を陵辱した。最悪な状況の中、先に前を向いたのは美奈子だった。産子根針法の鍵となる赤子たちを巡る状況も刻一刻と動き、昭和三十七年が明ける。直江と美奈子を心配し、阿蘇を訪れたマリーは、驚愕の事実を査るのだった――。

（「涅槃月ブルース」）

イラスト／高嶋上総

炎の蜃気楼《ミラージュ》　昭和編
散華行《さんげこう》ブルース

第一章　罪の子供

美奈子《みなこ》の身の異変に、晴家《はるいえ》は気がついた。

その身に宿した命の存在に。

晴家には高い霊査《れいさ》能力がある。だから、わかる。わかってしまう。

美奈子の胎内《たいない》にはいま、ひとつの命が宿っている。その命は魂《たましい》を宿している。母子の霊魂《れいこん》が発する波長の違う魂が、晴家には感じ取れてしまうのだ。

《いつから……なの……？》

晴家は青ざめながら問いかけた。

《……誰の……》

美奈子の白い頬《ほお》は、強《こわ》ばったままだった。一点を見つめて動かない瞳《ひとみ》は、苦悶《くもん》に堪えているようにも見えたし、動揺しているようにも見えた。美奈子の乾いた唇《くちびる》は、言葉を紡《つむ》ぐことを拒《こば》んで固く結ばれている。晴家はいやがうえにも読み取った。

（景虎《かげとら》の子では、ない……？）

愛する者の子を宿したのなら、たとえそれが困惑を招くものだったとしても、こんな切羽詰まった表情にはならない。望まぬ子を宿している証《あかし》だ。胎《はら》の中の命に怯《おび》えている。

尋常《じんじょう》ではない。

《なにがあったの……》

隠しようのない不穏な気配に、晴家は呼吸が浅くなった。

《ここで何が起きたの》

美奈子は答《い》えない。

あらゆる忌まわしい可能性が、一瞬のうちに頭をもたげ、晴家の脳内を駆け巡った。まさか信長《のぶなが》が、と疑いかけて次の瞬間、それを凌駕《りょうが》する恐ろしい疑惑に行き着いた。

まさか、と思った。

《――……まさか、あなた……》

晴家は凝視した。美奈子の表情を。指先も首筋も肩も、どんな微動も見逃さないように。そのかすかな表情から、真実を読み取ろうとするように。

美奈子は細い指を血の気がなくなるほど強く握り合わせ、歯を食いしばっている。顎《あご》が震え、瞼《まぶた》をかたく閉じ、眉を搾《しぼ》り寄せる。

晴家は心臓《しんぞう》が冷たくなるのを感じた。その瞬間、悟ったのだ。

彼女が宿した子供の正体を。

《――……おえ、……なの？》

晴家はそう問うので精一杯だった。

《直江《なおえ》の子、なの？》

名を聞いた瞬間、美奈子は大きく目を見開いた。その表情の凄《すさ》まじさに、晴家は息を呑《の》んだ。一瞬にして般若《はんにゃ》と化したと思った。みるみる充血していく瞳が、まるで血の涙を湛《たた》えているように見えたからだ。

美奈子の白い眉間《みけん》から滲《にじ》みだしていたのは――……怒りだった。屈辱《くつじょく》と悔しさを滲ませて、言葉にならない憤《いきどお》りをぶつけてくる。訴えかけてくるのだ。

晴家は目の当《ま》たりにした。

美奈子の、剝《む》き出しにされた赤むけの心を。

能面めいた微笑《ほほえ》みの、薄い皮膜《ひまく》で隠していた、烈《はげ》しい憤怒《ふんぬ》を。

晴家は悟った。

血の気が引き、呼吸の仕方もわからなくなるところだった。貧血《ひんけつ》にみまわれたように、ぐらり、と目がまわり、今にも膝《ひざ》から力が抜けそうになるのを、必死でこらえた。

こういう目をしていた者たちに覚えがあった。幾度となく出会ってきた。怒りと虚脱《きょだつ》がないまぜになった時、ひとはこういう目をする。かつての自分もそうだった。戦時中のことだ。米軍機の機銃掃射に遭い、目の前で母の命を奪われた。その時の自分。火葬場の窓に映った自分の眼と重なった。いまの美奈子は同じ眼をしている。

理不尽を飲み干すことを強《し》いられた者の眼だ。

ぶつけどころのない怒りに震えている。

晴家の問いかけに、美奈子は歯を食いしばり、固く目をつぶった。

《なおえは……どこ》

森のほうを指さした。

晴家は足をもつれさせながら、数歩、たどたどしく歩き、力尽きたように立ち止まる。

足が震えている。

だが、どこかでヒヨドリが高く鳴いた瞬間、突き動かされたように走り出した。

藪《やぶ》をかきわけ、ズボンの裾《すそ》が小枝を引っかけるのも気づかずに。濡《ぬ》れた枯葉に滑《すべ》って転んでも、泥《どろ》だらけになりながら、無心に走った。悪夢を振り切ろうとするように。恐ろしい疑惑を振り払おうとするように。

突然、視界が開けた。

木を切り出すための場所だろうか。切り株が、並んでいる。

そのひとつに座り込んでいる若い男がいた。長身の背中に見覚えがあった。

だが、違和感がある。

若い男だと思ったが、その髪には白いものが混ざっているようだ。猫背になってうずくまっている姿には、若者らしい生気はどこにもない。足下には丸太を割るための斧《おの》があったが、いつまで経《た》っても手に取る気配がなかった。

晴家は足を止めた。

枯葉を踏む音で、気づいたのか。

直江は微動もせずに、言った。

「……晴家、か」

呼吸音で、振り返らずともわかったのだろう。

しわがれた声は、まるで老人だった。晴家はぞっとした。

世にも恐ろしいものを見る羽目になるのではないかという本能的な恐怖が、足を竦《すく》ませたのだ。

この有様を見ただけで、ふたりの間に異常事態が起きたことは明らかだった。

惨劇《さんげき》現場を隠すカーテンをおそるおそる開けるような思いで、晴家は問いかけた。

《教えて。なにがあったの》

直江は黙っている。

《ここで何が起きたの》

「………。美奈子は、言わなかったのか」

くぐもった声は聞き取りづらかった。

何日もまともに言葉を紡いでいないせいだ、と晴家にはわかった。
《彼女は何も言わないわ。わかるのは、人には言えないようなことが起きたということ》
「……………」
《なにがあったの。直江》
真実を知らなければならない。晴家は自分を鼓舞《こぶ》した。
《あんたと美奈子ちゃんに、なにがあったの！》
痩《や》せた枯木《こぼく》の根元には、数日前に降った雪が残っている。雑木林を白銀で包んだ雪も今は、火山灰が積もったか、薄汚れてしまっている。
直江の沈黙する意味を、晴家は探り続けていた。虚《うつ》ろな背中は、刑の執行《しっこう》を待つ囚人《しゅうじん》のようでもあり、行き場を失った彷徨人《さまよいびと》のようでもあり、心を無へと明け渡した老人のようでもある。
晴家は強いて冷静に、告げた。
《――彼女、みごもっている》
直江の顎がかすかにあがった。
だが、それだけだった。
晴家は恐ろしい確信に耐えながら、思念波を搾り出した。
《父親は、誰》
自《みずか》ら問うておきながら、答えを聞くのが恐ろしかった。

時だった。
枯れ木の森は、物音もしない。鳥の声も失《う》せ、弱い日差しが雲に遮《さえぎ》られて、あたりが翳《かげ》った
直江は長いこと、微動だにしなかった。
晴家の訴えは、風にさらわれていく。
《説明しなさい！　直江信綱《のぶつな》！》
直江は答えない。
《説明してよ……》
「……だから信じちゃ……いけなかった……」
直江が背を向けたまま、声を発した。
「……信じなければ、裏切られもしなかっただろうに……」
《なにを言ってるの……》
「そうか……さしものあのひとも疑うだろうな。自分の女が家臣と寝たと思い込むんだろうなあ。はは、滑稽《こっけい》だなァ……唯一の対を、自分の下僕に寝取られて……おまけに孕《はら》まされて……。俺に強姦《ごうかん》されたと訴えても、疑り深いあのひとは信じず、間違いを犯す女だったと失望するんだろうなァ。自分の犬に手を噛《か》まれて、嫉妬《しっと》に悶《もだ》えて怒り狂って、愛する女の不実に泣いて、憎んで呪《のろ》って後悔して、また心を閉ざして、そうして、またひとりに戻っていくんだ……。誰も信じず、誰のものにもならず、永久に俺のものでもないかわりに、あのひとは孤独であり続

けるんだ……永久に、誰からも救われないまま……！　そうだ、はは、それでいいんだ……それで！」

　晴家は無理矢理、直江を振り返らせて、胸ぐらを摑《つか》みあげた。

　怒鳴りつけようとした晴家は、息を吞んだ。

　変わり果てた直江の容姿に、言葉を失った。

　まだ二十代の若者のはずだった。しかし、いまやその頰はやつれて削《そ》げ、肌は艶《つや》をなくし、深い皺《しわ》が刻まれた口元は、四十代くらいに見える。いや、まるで老人だ。どろん、とした目からは生気が尽き、濁《にご》った瞳は鉛《なまり》のようだった。

《……直江……あんた……》

「道連れだ……地獄《じごく》に」

　奇妙な笑いを浮かべた直江の瞳は、焦点《しょうてん》を結んでいなかった。

「彼女も……あのひとも」

　晴家はゾッとした。

《まさかそのために……こんなことを……》

　直江は肩を揺らし、やがて、笑い始めた。

　気が触れたかと思うような哄笑《こうしょう》だった。

「なすべきことをなせと言ったのは、あのひとだ！　だから、そうしてやった！　その結果がこれだ！　俺にそう仕向けた……だからこうなった……！　ひとりでなんか堕《お》ちてやるものか！　地獄に墜《お》ちるならあの人も道連れだ！」

晴家の拳《こぶし》が唸《うな》った。直江は殴り飛ばされて地面に倒れ伏した。

《外道！》

晴家は涙を流している。

《あんたがここまで卑劣《ひれつ》な男だったとは思わなかった！》

直江は泥まみれになりながら、突っ伏している。肩が小刻みに震えている。

「……ころしてくれ……っ、晴家」

くぐもった声でうめくように言った。

「俺を殺して《調伏《ちょうぶく》》しろ！　晴家！」

ぼうぜんと立ち尽くす晴家の足下で、直江は声を抑《おさ》えることもなく、泣いた。

みすぼらしい野犬のように、うずくまって吠《ほ》え続けた。

＊

その日の雨は、雪にはならなかった。

森にはひたすら、冷たい雨だけが、陰鬱《いんうつ》に降り続けていた。

その夜は、晴家と美奈子、ふたりだけが山荘に残った。直江は柳楽《やぎら》の家に行くと言い残し、帰ってこなかった。

美奈子は部屋に閉じこもり、晴家はひとり、ソファに腰掛けてうなだれている。

半《なか》ば、放心していた。

心の整理がつかなかった。直江がしでかしたことも、美奈子に降りかかった忌まわしい惨事《さんじ》も、その結果も、受け止めきれなかった。

(なんでこんなことに……)

美奈子は強姦されたのだ。

合意などない。

男女が長くひとつ屋根の下にいて情欲の誘惑に負ける――。ないことではない。だが、ふたりの間に男女の過《あやま》ちが起きたというのなら、美奈子の反応はもっと違っていたはずだ。合意の上で関係を結んだというなら、美奈子はやましさのあまり、晴家の目も見られなかったはず。もしくは露見を恐れて、必死で取り繕《つくろ》っただろう。

美奈子の反応が、すべてを語っていた。

彼女は目をそらさなかった。雄弁な眼差《まなざ》しは、悲痛な心の叫びをまっすぐにぶつけてきた。助けを求めるかのように、言葉にはできない悲鳴を。口にすることさえ忌まわしい訴えを。

合意ではなかったことは、直江自身が証明した。「景虎は思い込むだろう」と言い続けた。

真実は「そう」ではなかった証だ。

晴家は自問を繰り返した。……なぜ、止められなかったのか。

自分も勝長《かつなが》も、危惧《きぐ》していたのに。

（私はわかっていたはずなのに……）

直江の危なっかしさには、気づいていたではないか。

追い詰められた精神はもう行くところまで行っていると、気づいていたではないか。

誰に反対されてでも自分が美奈子を守るべきだった。景虎に何を言われても、そうするべきだった。ふたりを引き離してやれたのは、自分だけだったのに。

（これがあんたの復讐《ふくしゅう》なの……）

直江は美奈子に嫉妬していた。景虎に愛された美奈子を憎んでいた。

どんなにねじくれていても、直江がただひたすら景虎だけを求めていたことを、自分はずっとずっと昔から、知っていたはずなのに。

（だからって、こんなやり方はひどすぎる）

自分が男であることを凶器にして美奈子を辱《はずかし》めた。

そんなことをしでかしてしまえる直江に、いまは侮蔑《ぶべつ》よりも、恐ろしさしか感じない。

引き金になったのはなんだったのか。むしろ男だったから、こうなったのか。殺すかわりに犯したというのか。本能的な肉欲で、憎む女を犯せてしまえるのだろうか。肉欲の衝動と憎悪は同居できるのか。ひとはそこまで悪辣《あくらつ》になれるものだろうか。

（受け止められない……直江）

（あんたのしたことは卑劣すぎる……！）

誠実で実直だった男を、こうまで狂わせた「嫉妬」という感情の、その救いがたさに、晴家は打ちのめされていた。

（景虎がこれを知ったら、あのふたりは終わる）

（もう二度と修復なんかできなくなる……）

どうしたらいいの、と声にならない声でうめく。顔を覆《おお》った。

その時だった。

背後に人の気配を感じたのは。

ぎょっとした。

亡霊が立っているのか、と思ったからだ。

《美奈子ちゃん……》

寝間着姿の美奈子が、こちらを見ている。

もうとうに寝ているものと思っていた晴家だ。

「……絵を描かない日は、眠れないのです。すぐに目が」

言われて、晴家はテーブルに置いてあるスケッチブックに気がついた。手にとって開き、その中身に絶句した。どの頁《ページ》にも、ぎっしりと鉛筆《えんぴつ》画がひしめいている。スプーン、茶碗《ちゃわん》、ふきん、コップ、歯ブラシ、リンゴ……まるで目に映るものはことごとく描き尽くそうとしているかのようだ。凄まじい執念と情念を感じた。

《これは……》

美奈子の叫びそのものだった。

絵を描いて描いてその一事に集中しきって脳と神経をへとへとにさせ、精根尽き果てるまで描ききって、やっと、わずかな睡眠を得る。吐いて吐いて吐き尽くして気絶するように。

その心に負った傷の深さを物語っていた。

今日は絵が描けなかった。だが、不眠の理由はそれだけではないだろう。

晴家は美奈子にソファへ座るよう、促《うなが》した。

《……。大丈夫……？》

心も体も、心配だった。

「はい」

美奈子の白い手は、下腹部に添えられている。

晴家は痛ましい想《おも》いで、彼女の腹を見つめた。

《どうするの、これから……》

山の夜は静かで、暖炉《だんろ》の中で薪《まき》が弾《はじ》ける音だけがしている。

紅《あか》い炎がめらめらと躍《おど》っている。その暖炉の前で強姦された、とは美奈子は言わない。美奈子はじっとうつむいていた。身ごもった子供を、どうするのか。

隠し通すことなどできるだろうか。晴家が案じたのは、その一点だ。景虎には言えない。とても言えっこない。景虎にだけは真実を隠し通さなければならないと思っていた。

（だけど、どうすれば）

隠し通すつもりならば、中絶しかない。

命は尊《とうと》い。だが、許すべからざる男の暴力によって孕んだ子を出産するのは、ひとりの女性としてあまりに酷だ、と晴家は思っていた。出産は母胎《ぼたい》も命がけであるし、彼女の人生も大きく変えることになる。受胎《じゅたい》の経緯を思えば、中絶を選ぶのもむりからぬことだ。

景虎とはいくら離ればなれになっているとはいえ、全《すべ》てを隠せるとも思えない。美奈子の体もいずれは妊婦らしい体つきになっていく。よしんば出産まで隠しおおせたとして、産み落とした子を、どこでどうやって育てるのか。

景虎はすべてを知るだろう。

あるいは、直江の言う通り、美奈子の不実を疑うようなことにもなりかねない（むろんその時は全力で美奈子の潔白を訴えるつもりだが）。

険《けわ》しい顔で、晴家は問いかけた。

《あなたは、どうしたいの》

すべては美奈子の意志を確かめてからだった。

《私は、あなたの意志を尊重する。選択は全面的に支持するし、できる限りの協力も惜しまない。だから、聞かせてほしいの。美奈子ちゃんの、気持ちを》

どんなにつらい決断も、晴家は呑むつもりだった。彼女の味方として。

青白い顔でうつむいていた美奈子が、ゆっくりと顔をあげた。

「産みます」

迷いのない口調だった。

「この子を、産みます」

晴家は息を呑んだ。

どんな答えでも受け止める覚悟をしていたが、それでも、動揺を隠せなかった。

《待って……。その子のことはどう説明するの……。景虎になんて説明するの。あなたと直江の子だとはっきり言うの？　ここで起きたこともみんな打ち明けるの？　直江があなたにしたことも？　いま以上にあなたの心を傷つけることになるかもしれない。それでも産むと？》

畳《たた》みかけた晴家に、美奈子はうなずいた。

釈然としない晴家は、詮索《せんさく》するような目つきになり、

《……。まさか本当のことは言わず、景虎の子だと言い張るつもり？》

妊娠期間を考えるといくらなんでも無理がある、と晴家は内心反駁《はんばく》した。

すると、美奈子は伏し目がちになり、ゆっくりと首を横に振った。やがて、その表情に透き通るような微笑を浮かべたではないか。

晴家はどきりとした。

驚くほど、濁りも翳りもない、穏やかな微笑だった。目の前の物事をただ受け止め、包み込むような目元は、古《いにしえ》の仏師《ぶっし》が刻んだ慈母観音《じぼかんのん》を思わせた。

美奈子は、自分の腹を柔らかく撫《な》でた。

「……マリーさん。私は、あのひとを産むのです」

晴家には一瞬、意味がつかめなかった。

《どういう……こと……？》

「……あのひとは、もう、そう長くは生きられないのですよね」

どこか遠くで囀《さえず》る鳥を目で追うかのように、ぼんやりと呟《つぶや》いた美奈子は、ふいに大きな瞳でこちらを見据《みす》えて、告げた。

「ならば、この子の肉体を、あのひとに」

晴家は耳を疑った。

絶句した。

《――美奈子……ちゃん……》

＊

美奈子はもうすでに、どこか壊れているのではないか。

晴家はこの数日、彼女を観察し続けていたが、その静穏が怖いとさえ思えた。

――このおなかにあるのは、あのひとが次に生きるための体……。

美奈子はそう言って、自らの腹を何度も優しく撫でていた。

――私があのひとを産みます。

――賢三さんのお母さんになるわ。

それは美奈子が、この過酷な状況から、ようやく自らの精神を保つために見つけた「道」のように見えた。

――このからだで育てます。賢三さんの次の命を。

心が壊れた？　いや、そうではない。強い意志だ。美奈子は心の底から、真剣にそう望んでいる。

だから産むのだ、と。

彼女が見た通り、加瀬賢三《かせけんぞう》の肉体はすでにボロボロで、このままではあと一年生きられるかどうか、わからない。信長との戦いは苛烈《かれつ》になる一方だ。美奈子には、あの別れが、加瀬との今生《こんじょう》の別れになるという覚悟もあっただろう。

死が間近になれば、次の換生《かんしょう》先のことを考えねばならない。

他人の肉体を奪ってまた罪の意識に苛《さいな》まれるくらいならば、この腹の胎児《たいじ》に。

この胎内に宿った命を、彼に与えたい。

直江の暴行によって孕んだ命だ。もとより望まれてはいない命だった。将来を思えば、中絶を選ぶこともやむを得ない。だが、その悲しい命を生かす道がある。

この決断に、美奈子はむしろすがったのだ。

——マリーさん、私、あの人を産むわ。

美奈子はその選択に救いすら感じているようだった。愛する男を産むという、どこか倒錯《とうさく》的な感覚は、心身に刻まれた痛みを麻痺《まひ》させるには充分だったろう。

美奈子の決意は、覆《くつがえ》らない。

換生とは、元ある魂から肉体を奪う行為だ。いまその胎内に宿る子の魂を思えば、まだ始まってもいない人生を奪うことは、堕胎《だたい》とそう違わないかもしれない。それでも必ず誰かの人生を奪わねば、景虎は次の生を開始できないというならば、美奈子は迷わず自らの腹の胎児を差し出すつもりだった。

もし現実になったなら、景虎は直江の子として換生することになる……。

晴家がようやく直江とふたりきりで向き合えたのは、それから数日後のことだった。

知ってしまった上は、どうにか自分が力になるしかない。晴家は覚悟を決め、直江と美奈子、それぞれと膝をつき合わせて、今後のことを話し合うつもりだった。

晴家は美奈子の意向を直江に伝えた。

——堕胎はしない。出産する。

直江は絶句して、青ざめた。

「ばかな……。どうして……っ」

晴家は理由を説明するか、一瞬、躊躇《ちゅうちょ》した。

だが、告げなければ、美奈子の覚悟は伝わらない。その選択に伴《ともな》って失うかもしれないこと、苦しむかもしれないこと。それでも選択をしたこと。

晴家は打ち明けた。

直江はますます凍りついた。

「……だめだ……そんなことはだめだ……っ」

《直江……》

「生まれてくる子は、俺の罪そのものだ。その子供に、あのひとを換生させるというのか……っ。ばかを言わないでくれ！　この俺を血祭りにあげたいのか！」

《落ち着いて、直江》

「美奈子を犯して孕ませた俺の子が、あのひとになるというのか！　はは、冗談はやめてくれ……っ。俺が犯した美奈子の腹から、あのひとが生まれるというのか……正気の沙汰《さた》じゃない……！　いったいどんな顔して向き合えというんだ……俺の罪そのものの肉体であのひとが生きて育っていくのを、ずっと俺に見てろっていうのか、見て思い知れというのか。それが仕返しか！　俺への報復なのか！」

ひどく取り乱して直江はわめきちらした。

「美奈子はどこだ！　直江！　どこにいる！」

《落ち着いて、直江！　落ち着いてってば！》

「俺が憎いなら、俺を殺せ！　産んで復讐するつもりなら、俺を先に殺して《調伏》、いや破《は》魂《こん》しろ！」

《直江！》

晴家に宥《なだ》められ、直江は椅子《いす》に崩れ落ちるように座り込んだ。

青ざめて、ぶるぶると震えている。

晴家は厳格な判事のような眼差しで見ている。

《あんたに、美奈子ちゃんの選択を拒む資格はないのよ》

直江は放心して、言葉もない。

《拷問《ごうもん》みたいな現実を背負いきることが、あんたの償《つぐな》いなんだわ》

突き放すような晴家の言葉を噛みしめ、直江は瞑目《めいもく》して天を仰《あお》いだ。

「……。あの人に、告げるのか」
《いまはまだ言えない。そういう時期じゃないから。長秀《ながひで》や色部《いろべ》さんにも言わない。いまは私とあんたと美奈子ちゃん、三人だけの胸の内に》
――あの夜のことは、誰にも言いません。だから、あなたも言わないで。
――墓場まで持っていくって、誓って。
美奈子の言葉が耳に甦《よみがえ》り、直江はうなだれた。そうは言っても、子を産むとなれば、その子が誰の子であるのか、告げなければならない。
直江は目だけをあげて晴家を見た。淀《よど》んだ目だった。
「だが、いずれは露見する……」
《ええ、その時は、私たち三人は共犯よ。一緒に罪をかぶるのよ》
晴家も腹をくくった。このことが景虎はもちろん、夜叉衆《やしゃしゅう》や上杉《うえすぎ》の皆にもたらす衝撃を、できる限り、押さえ込まねば、と思った。
《美奈子ちゃんの護衛には、私がつくわ》
「おまえが？　だが景虎様の命令は……ッ」
《命令なんて今更可笑《おか》しいでしょ。こんな犯罪者と一緒に彼女を置いておけるわけがないわ。あんたは美奈子ちゃんを守るどころか、織田《おだ》よりもひどいことをしたのよ》
返す言葉など、あるはずもなかった。

針の筵《むしろ》に座るほうがまだやさしい。
《……今後、美奈子ちゃんの護衛には私がつきます。その代わり、あんたには阿蘇《あそ》の偵察を》
「偵察？　なにを」
《織田は産子根針法《うぶこねばり》を九州に展開して、いくつかの霊山を手に入れようとしてるわ。その霊山の力を阿蘇に集約するために、大きな壇《だん》を築こうとしているようなの》
「阿蘇にだと？　ばかな！」
直江たちが逃げ込んだ、まさにこの土地にだ。虎《とら》姫からの情報だ。要《かなめ》となる壇を作り上げて、産子を埋め、信長へと直結させる。すでに織田は動いているという。
《しかも、あんたたちが九州に潜伏していることも、連中は嗅《か》ぎつけている。六王教《ろくおうきょう》の教主の息子を送り込んだようだわ》
すでに捜索の手はまわっている。いつ見つかるか、知れない。
「ここも……危ないというわけか」
《場合によっては、九州を離れたほうがいいかもしれないわ》
晴家も苦渋《くじゅう》をにじませていた。
《彼女のことは私に任せて。あんたは阿蘇を探索して。壇を築く場所はおそらく……》
晴家は視線を山林の向こうへ向けた。
その先にあるのは、中岳《なかだけ》だ。

かつて阿蘇五岳《あそごがく》は修験の山だった。阿蘇山上には三十六坊五十二庵《あん》もの堂宇《どうう》が建ち並び、多くの修験者が修行に励んでいた。そこは古坊中《ふるぼうちゅう》と呼ばれ、中岳の近く、草千里《くさせんり》から中岳の間の平原にあったという。

いまはそれらも失われ、繁栄の名残は麓坊中《ふもとぼうちゅう》にある西巌殿寺《さいがんでんじ》にのみ、見ることができるが……。

《私が織田なら、ここを使わない手はないわ。阿蘇の霊力の噴出《ふんしゅつ》口でもある中岳に的を絞ってくるはず。景虎の見立ても、同じだそうよ》

「中岳か……。わかった。探査は引き受ける」

直江の表情にどこか安堵《あんど》の色が浮かんだ。ようやく美奈子のそばを離れられるという、解放感だろうか。被害者と向き合い続ける息苦しさから、少しは逃れられる。

《勘違いしないで》

釘《くぎ》を刺すように、晴家は言った。

《あんたを楽にさせるためなんかじゃないわ。あんたのしたこと、いずれ景虎は知る。必ず知る。その日が来ることを、覚悟するのね》

直江は、薪もくべていない冷えた暖炉を見つめている。

絶望がのしかかってくるのを、じっと耐えるかのように。

＊

　だが、一方で、美奈子の妊娠は、状況を変えた。

　織田の狙《ねら》いは、有能な戦巫女《いくさみこ》に信長の子を孕ませることだ。

はからずも、美奈子が直江の子を先に宿してしまったことで、達成できなくなってしまったわけだ。想定外の妊娠が、ある意味、彼女を守ることに繋《つな》がったのは皮肉だった。

　晴家はすぐにそのことには気づいたが、直江の前では口にしなかった。したくなかった。告げたせいで、直江に逃げ場を与えるのは本意ではなかったし、開き直る口実にさせるのはもってのほかだった。事件の落としどころには、断じて、させたくなかったのである。

　とはいえ、こちらの後ろ暗い事情を知らせずに、美奈子の妊娠を、織田に悟らせるのは至難だ。知らせたところで、簡単に手を引くとも思えない。力尽くで堕胎させないとも限らない。

（どの道、狙われる）

（景虎。あんたの言う通りだわ。信長を《調伏》しない限り、終わりにはならない）

　晴家は、居間のテーブルに画材を広げて、絵を描き続ける美奈子を見やった。

　景虎を産む、と心に決めた美奈子は、穏やかだった。その内面を表すように絵のタッチも柔らかくなっている。

　だが、彼女は本当にわかっているのだろうか。

景虎を産むということは、もう恋人として結ばれる未来がなくなる、ということだ。母子となることを選べば、男女ではいられなくなる。たとえ男児に生まれてこれたとしても、美奈子は「女」にはなれない。それをあきらめてまで、産もうというのか。女として愛されることよりも、母として愛することを選ぶのか。

（どうして）

やはり、美奈子はどこか壊れてしまったのかもしれない、と晴家は思った。

愛の回路が混線してしまったのか。もしくは母子のタブーを踏み越えてでも、と思っているなら、執念をこえて、もはや狂気だ。

彼女の願いに寄り添うことが、第一だと思ってきたが、晴家にはだんだんわからなくなってきた。愛する男が換生者であったがために、事態はさらにねじれていく……。

美奈子が身ごもることがなければ、この無残な事件は、当事者だけの秘密で終わったかもしれない。だが、彼女は直江の罪を孕んだ。消えず、鼓動し続ける罪を。

全ては忘却《ぼうきゃく》できないがゆえの、逃避だったとしても。

――あのひとを産むの。

景虎と直江の間で押し潰《つぶ》された美奈子の、狂気であったとしても……。

（あなたがその願いにすがるというなら、私はそれを叶《かな》えるために力を尽くす）

窓の外を見ると、雪が降り始めている。すでに森は白く染まり始めていた。

選んだ道がどこに行き着くかもわからない。それでも立ち止まることもできない。

(景虎……。これは直江とあんたの罪よ)

待っているのは破局かもしれない。どんな口実も、彼らの和解に繋がるとは思えない。

(あんたはこの事実を受け止めなきゃならない)

(これがあんたたちがしてきたことの末路なんだとしたら、最後まで歩ききるしかないのよ)

ここから先はもう、誰にとっても茨《いばら》の道だ。

血を流して歩く。

そうして彼らがやがて行き着く場所を、今はまだ誰も知らない。

*

草千里はうっすらと雪に覆われていた。

烏帽子岳《えぼしだけ》の北麓《ほくろく》に広がる草原だ。山の裾野《すその》が緩《ゆる》やかな曲線を描き、まるで両腕に抱かれるようにして広がる草千里ケ浜《くさせんりがはま》は、夏場はたくさんの牛馬が放牧されている。

夏草が青々と茂り、池には風が吹けばさざ波が寄せてくる。

そんな草千里の池も、今は白く凍り、枯れた草原を雪が覆っている。

分厚い雪雲の下、中岳は噴煙《ふんえん》をあげている。

直江は車を降りた。あたりは日没近いせいか、人影もない。

虚無を掻《か》き立てる情景だと、直江は思った。

森の牢獄《ろうごく》めいた山荘を離れ、ようやく視界の開けた、広大な眺めを視界に収め、少しは息苦しさが和《やわ》らぐかと思ったが、薄れる気配もない。

あの日から、世界は色彩を失った。

いっそ罵《ののし》ってくれたほうがよかった。

美奈子はあれからまともに直江を見ようとはしない。

まるでその存在すら、ないもののように。

（これが報《むく》いか……）

呵責《かしやく》というやつからは、どこにいようと、逃れられはしないのだ。

たとえ、あのあと、美奈子の前から逃げ出して、それこそ逃亡犯のように姿をくらましていたとしても、ずっとずっと追ってくる。後ろ暗さは、自らの影法師のように、ずっと。

美奈子が子を産むと言った時、心臓が凍った。

背筋が冷たくなった。

（これがおまえの報復なのか……）

美奈子の選択には、悪意しか感じなかった。自分を苦しめるための選択だと感じた。だが、そうされたとしても加害者である自分には何も言えない。

直江の罪でできた肉体に、景虎を換生させるなど。

(なんて忌まわしい)

新しい自分の肉体が、直江の子だと知ったら、景虎は一体どうなるだろう。しかも美奈子を手込めにして孕ませた子だ。衝撃のあまりに首をくってしまうかもしれない。

(唾棄《だき》されるべきは、この俺だ)

——頼むから、堕ろしてくれ……っ。

本音は、喉《のど》まで出かかっていた。だが、なけなしの良心と呵責と矜持《きょうじ》とが、かろうじて咽頭《いんとう》に立ちはだかり、声にさせなかった。言えるわけがない。飲み込むしかない。この先に待つ修《しゅ》羅場《らば》は容易に想像がつく。この悶えるような苦しさも自業自得《じごうじとく》なのだ。報いを受けているのだ。わかっている。それでも。

醜態《しゅうたい》をさらしてでも、美奈子に堕胎を乞《こ》いたい自分がいる。

(踏みにじりたい)

こんなさもしい自意識に苛まれている自分を。

美奈子は謝罪を拒みもしなかったが、受け容れもしなかった。なかったことにしたい美奈子が、直江の悪の証拠である罪の子を産む。話が違う、と叫びたかった。呵責と後悔に押し潰されそうになっているくせに、いざ報いを受けるとなると、恐ろしくて震えている。

冷たく虚《むな》しい大地に立ち尽くし、直江は天を仰いだ。

美奈子を責めることはできない……。

(次に会う時、俺はどんな顔をして、あなたの前に立てばいい)

やましさしかない。まともに景虎の目を見られる自信がない。

(俺は美奈子を犯しながら、あなたを犯していた)

(俺が汚したのは)

(あなただったのだ)

肉の欲望を、こんな形で、鮮明に明晰《めいせき》に認めることになるとは。

はじめは確かに悪意だった。美奈子という女への、憎悪であり嫉妬だった。女の柔肌が放つ媚香《びこう》に反応する肉の切なさも、突き上げるような性衝動も酩酊《めいてい》も、景虎の幻《まぼろし》と己《おのれ》自身が一体となる恍惚《こうこつ》に負けた。

身も心も余すところなく、髪一筋もすべて手に入れたいと願った。

美奈子の内部にこびりついているだろう景虎の熱を、あの白い肌の奥に探していた。残香でもいい、余韻《よいん》でもいい。そこにたどり着きたい一心だった。その胎内に放った精子は、魂の分身となって、激流を遡上《そじょう》する魚のように、子宮《しきゅう》を食い破り、執念で駆け上がり、その心優しい内臓のどこかに景虎が残した愛の粒子《りゅうし》にたどり着こうとしたに違いない。

その愛は自分に向けられたものではないと知っているくせに——。

それとも、景虎が美奈子へと残した微少の粒子すらも、かきだしたい、と。

こそぎ落としたいと、そう願ったのだろうか。

あの夜から何度も夢に見る。

何度も。


直江は叫んだ。

日没した草千里に、その声は吸われて消えていく。

これだけの呵責を負っても、想いはなおも消えない。それが苦しくてならない。

景虎と次に会う日を、こんなに恐ろしいと思っているのに、いますぐにでも会いたい。

その手で今すぐ、この胸に灼熱《しゃくねつ》の焼きごてを捺《お》してほしい。肌を焼き、肉を焼きぬく、罰の焼きごてを。

「今すぐ罰してくれ！」

そうされることでしか、抜け出せない。出口がない。

景虎のその手で与えられる罰でしか、この想い。この絶望は。

「今すぐ殺してくれ！」

夕闇《ゆうやみ》に包まれていく雪原に向かって、直江は叫んだ。

「あなたの手で殺してくれ！　景虎様！」

雪が降り積もる。
灰色の噴煙が風に流されていく。
罪人の苦悶を包み込んで、厳冬《げんとう》の大地は深い眠りにつこうとしている。

第二章　石太郎の願い

年が明けても、織田《おだ》との攻防は一進一退を続けていた。

長秀《ながひで》と勝長《かつなが》は手分けをして根針《ねばり》法の壇潰《だんつぶ》しに奔走《ほんそう》している。

一方、景虎《かげとら》の体調は悪化の一途《いっと》を辿《たど》り、現場には出ていかず、石手寺《いしてじ》近くの別院から、指揮に徹していた。

石太郎《いしたろう》こと奇妙丸《きみょうまる》の世話は、虎《とら》姫がしている。佐久間盛政《さくまもりまさ》の娘で、六王教《ろくおうきょう》では産女頭《うぶめがしら》として、根針法の成就に荷担《かたん》していたが、今は離れ、情報提供者になっていた。

石太郎はすくすくと育っている。

その石太郎が、晴家《はるいえ》に口寄せして伝えた言葉。

――三人だ、魔王の子は。

――その手の石を……石を集めよ。

(三つ子が手にする、三つの仏性石《ぶっしょうせき》)

石太郎の言葉に従い、景虎たちは月山《がっさん》の茶筅丸《ちゃせんまる》から二つ目の仏性石を手に入れることに成功した。これで景虎たちは三つのうちの二つを手に入れたことになる。今、その石は、景虎が腕輪にして肌身離さず身につけている。

だが、三人目の子供——三七《さんしち》は、すでに六王教で死亡していたことが発覚した。三つ目の仏性石は手に入れることはおろか、存在すらしていない。その時点で、石集めは頓挫《とんざ》してしまったわけだ。

それでも、三つ目を生み出す何らかの手立てがあるのではないか。

弥勒《みろく》を生む、方法が。


「加瀬《かせ》さん、……白湯《さゆ》持ってきました。入ってもいいですか」

夜、高屋敷鉄二《たかやしきてつじ》がポットをもって、景虎の部屋にやってきた。

景虎はこのところ、部屋に閉じこもりきりだ。許しを得て障子《しょうじ》をあけると、布団で寝ていると思われた景虎は、部屋の真ん中で結跏趺坐《けっかふざ》している。

「座禅《ざぜん》、ですか」

「気の巡りを調《ととの》えてる」

「お加減はどうですか。なにか要る物があればなんでも言ってくださいよ」

「ああ、なにかあれば、頼むよ」

静かな夜だ。鉄二は正座をして心配そうに景虎を見ている。一日中、ずっと一人部屋にこもりきりって、人を近づかせない。甲斐甲斐《かいがい》しく看病したくても、ままならないので、鉄二は不満そうだった。

「そんなに悪いんですか……。具合」

景虎は湯飲みの白湯を一口、飲んだ。

「……なに。まだ当分は生きるさ」

「うちにいた飼い猫もさ、具合悪くなると、人目のつかないところに隠れてた。動物は弱ってる時はそっとしておいてほしくなるんだろうなって……だから」

「オレは猫じゃないよ」

「そういう意味じゃ」

鉄二がふいにあくびをしかけて、慌《あわ》てて嚙《か》み殺した。

「眠そうだな」

「このところ、やたら眠たくて……。正月ぼけかなあ」

「もういいから先に寝ろ。また明日」

「はい。おやすみなさい」

鉄二は眠気でふらふらしながら、部屋を出ていった。

ふたりめの訪問者が現れたのは、それから十分ほど経《た》った頃だった。景虎は顔をあげ、

「……鉄二は寝ましたか。色部《いろべ》さん」

色部勝長だった。鉄二の部屋のほうを見やり、静かに襖《ふすま》を閉めて小声で答えた。

「食事にいつもより多めに睡眠導入剤を入れておいた。あの分なら布団に入って三秒でオチたろう。最低五時間は目覚めない」

景虎は大きく息を吐いた。

「これで《ホットライン》も切れましたね」

「おまえさんも気が抜けないだろう。四六時中、信長《のぶなが》につきまとわれているようなもんだからな。……厄介《やっかい》なものを植え付けてくれたもんだ」

鉄二の額《ひたい》にある赤いビンディ状の物体のことだ。

植物の種のようにも見える。信長の魂《たましい》から抽出《ちゆうしゆつ》したという種は、それを植え付けた相手と自分を一体化できるという。

鉄二は信長の分身となった。信長につきまとわれているようなものだ、というのは、そういう意味だ。

部屋の四隅《よすみ》に木端神《こつぱしん》を配置した。不測の事態には景虎を守るよう、厳重に結界《けつかい》してある。その部屋の中でしか、景虎は鉄二とは会わないようにしていた。

「しかし本当に寝付いている間は大丈夫なんだろうな」

「……問題ない」

と別の男の声が、縁側のほうからあがった。いつのまにか柱のもとに、もうひとり。高坂弾正《こうさかだんじょう》だ。障子の外でやりとりを聞いていたらしい。

「肉体を強制的に眠らせて五感のスイッチを断ってしまえば、信長の《ホットライン》も自然に切れる」

「検証済みです、色部さん。これで話ができる」

鉄二に植え付けられた「信長と魂を繋《つな》ぐ媒体《ばいたい》」は、他者の肉体を丸ごと自《みずか》らの分身にする。だが、どこまで同調しているかを知るには、検証が必要だった。高坂は鉄二を監視し、景虎は鉄二の前であえて内部情報をやりとりしてみせ、織田の動きを注視した。

しかも鉄二には透視と遠見ができる。四六時中、信長に監視を許すようなものだ。監視カメラのスイッチを切るには、鉄二を眠らせてしまうのが一番てっとり早いとわかった。

「生きた人間を奴隷《どれい》どころか、分身化、か……。信長は化け物か」

「〝傀儡《くぐつ》種〟という大陸に伝わる古い呪術を応用したものですね。まちがいない。うつし身といい根針法といい、織田もマニアックな術を掘り起こしてきてくれる」

「しかも記憶まで手に入れられる。あの子供の前で繰り広げてきた貴殿らの醜態《しゅうたい》も筒抜けというわけだな」

高坂は相変わらず口が悪い。勝長は深刻そうに、腕を組んだ。

「……だが、分身化しているとすれば、とっくに景虎を手にかけているはず。なぜ、手を出してこない」

「肉体を乗っ取ってどこまで行動できるかは、同調率の問題だ」

「つまり、鉄二の肉体では《力《りょく》》や《破魂波《はこんは》》は撃てない、と？」

断言はできないが、と高坂は前置きして、

「今のところ《力》を使った形跡はない。乗っ取りきれずに見るだけ聞くだけだというなら、まだ害は少ないといえる。おまえらをあえて泳がす理由があるなら、北里美奈子《きたざとみなこ》の居所を探るためだろうが」

だとすれば、逆に、使い道もある。あえて偽情報を摑《つか》ませ、相手の裏をかく。敵のスパイの利用法だ。「直江《なおえ》と美奈子は出国した」と鉄二に伝え、追跡を攪乱《かくらん》した。

「とはいえ、相手は信長だ。ヤツが透視と遠見を使えるのは痛い」

「傀儡種を取り去る方法はあるのか」

「除去できるのは信長本人だけだ。殺すほうが早い」

「駄目だ。鉄二は殺せない」

「では冬眠でもさせるか」

「いや。存分に利用させてもらう」

と景虎が寝間着の懐《ふところ》から取りだしたのは、岐阜の地図と織田邸の見取り図だ。

「作戦を」

三人は額をつき合わせ、信長襲撃計画を詰め始める。ひと月かけて準備をしてきた。《軒猿《のきざる》》の情報によれば、信長はすでに岐阜に戻っているという。

実行日は、三日後に決まった。

*

話し合いが終わったのは、夜更《よふ》けだった。

小一時間ほどのやりとりで、景虎はだいぶ消耗《しょうもう》している。血色の悪い横顔を、先ほどからずっと見ていた勝長が「無理をするな」と声をかけた。

「酸素吸入用のボンベを借りてきた。車に積んである。すぐにセットしよう」

「すみません……。色部さん」

「本来ならドクターストップをかけるところだが、このわがままな患者は素直に聞くタマじゃないからな」

加瀬の肉体で攻撃をかけられる時間は限りがある。ここぞの一撃にありったけの力を集中させるため、日々、細心のコンディショニングにつとめた。

「この肉体が終わる時は、やつも道連れにしますよ。必ず」

「……。景虎」

痩《や》せた頬《ほお》に青白い影が浮かんでいる。夜叉衆《やしゃしゅう》が束《たば》になってかかっても、いまの信長は倒せない。産子《うぶこ》根針の力を得た相手と戦い、わずかな勝算を得るには、景虎の力が不可欠だ。冥界上杉《めいかいうえすぎ》軍を発動できるのも景虎だけ。景虎なしには戦えない現実を、痛烈に見せつけられるたび、勝長は自らの非力を呪《のろ》うばかりだ。

「……おまえひとりを死なせはせんよ。景虎」

「心中してくれるんですか。色部さん」

「あとのことは直江がひとり生き残ってくれれば十分だ。美奈子と行かせたのは、そのためなんだろう？」

見抜いている。景虎は少し驚いたが、やがて苦笑いした。

「あなたには何も隠せませんね。昔からそうだった」

「おまえが怨霊《おんりよう》大将だった頃から知ってるからな。先に休んでろ。ボンベを運んでくる」

勝長が部屋から出ていったのを見計らって、景虎はおもむろに振り返った。高坂が呪符を選んでいる。声をかけた。

「なんだ？」

「おまえにひとつ訊《き》きたいことがある。……〝闇弘法《やみこうぼう》〟と呼ばれる者を知っているか」

高坂は「ほう」と目を見開いた。

「……〝闇の弘法大師《こうぼうだいし》〟か」

「《軒猿》たちが摑んできた情報だ。大峰山《おおみねさん》の窟《いわや》に封じられていた〝闇弘法〟の霊魂《れいこん》を、織田が十年がかりで解いたとか」

「ほう。織田が……?」

「〝かつて宮中にはふたりの弘法大師がいた〟との噂《うわさ》を聞いたことがある。闇弘法は、表沙汰《おもてざた》にできない邪法を修して裏の世界に君臨《くんりん》したが、何者かに殺害された、と。信長に産子根針法を伝授したのも、その男かもしれん」

「なぜ、私に訊く?」

「産子根針法は宮中に伝わる秘法中の秘法だそうだな。おまえはなぜか、それを知っていた。ならば、〝闇の弘法大師〟についても、なにか知っているんじゃないのか」

　高坂は鼻で笑うと、呪符を置いてようやく景虎に向き直った。

「ご主人殿はどこぞの駄犬とちがって、鼻が利く。腐っても北条氏康《ほうじょううじやす》の息子か」

「御託はいい。知ってるなら、話せ。闇弘法とは何者だ」

　すると高坂は珍しく、神妙な表情になった。

「その者の名は、暗照大師《あんじょうだいし》」

「暗照大師?」

「平安時代、桓武《かんむ》帝の御代に重用された僧侶《そうりょ》の名だ」

「桓武帝?　今から千二百年も前の?」

「入唐した最澄《さいちょう》が連れて帰ってきた唐人《からびと》の僧だと言われているが、素性《すじょう》は定かではない。だが、その者、非常に呪術に秀でていて、最澄が持ち帰ってきた天台《てんだい》密教の呪法を陰《かげ》で支えたと言われる。だが、宮中の争いで大逆の疑いをかけられ、京を逃れた後《のち》は、大峰山に身を潜《ひそ》めて修行に専念したという。やがて独自の呪術を多数編み出した」

「独自の、か」

「よほどの凝《こ》り性《しょう》だったとみえる。究極の呪法とやらを目指して、神をも恐れぬ禁断の法ばかりをいくつもいくつも生み出した。宮中では空海《くうかい》が護国《ごこく》の大法を修するようになったが、それとは真逆をいく禁断の法ばかりを生み続けた暗照大師は、誰からともなく〝闇の弘法大師〟などと呼ばれるようになったと」

「禁断の……法」

「表は空海、裏は暗照。宮中では表沙汰にできぬ事態が起きた時、ひそかに暗照大師を呼び寄せて、禁断法の数々を修したという」

「おい待て。まさか、それは……」

「そのまさかだ」

高坂は形のいい薄い唇《くちびる》をつり上げた。

「暗照大師こそは、産子根針法を編み出した張本人だ」

景虎は絶句した。

「ばかな……っ。では、織田は初めから」

「平安時代などと後世の者は呼ぶが、当時の人間どもの心に平安なんぞ、あったためしはない。権力闘争に明け暮れた連中には、闇の呪法こそ重宝がられた。日本史上、最もたくさんの邪法が生まれた時代でもある」

だが、究極の邪法を生み出す人間は、究極の危険人物でもあった。暗照大師は大峰山に幽閉され、最後は殺害されたという。その魂は怨霊となりはてたが、空海そのひとによって厳重に封じられ、千年の時が過ぎた。

「空海自らが……。しかも千年持たせられる封印か。凄《すさ》まじいな。解くのに十年かかるわけだ」

「暗照大師が生み出した邪法は産子根針だけではない。他にもたくさん。いわば邪法のデパートだ」

「デパートどころか、信長に武器庫を渡すようなもんじゃないか」

「ふん。信長は、本人から直々《じきじき》に伝授されたわけだ」

「《軒猿》が手を尽くして所在を探しているが、動向がつかめん。信長は闇弘法をどこに隠しているのか」

「暗照大師は諸刃《もろは》の剣《つるぎ》だ。返す刀で自分が斬《き》られかねない。だから朝廷から恐れられ葬《ほうむ》られた。信長も扱いあぐねているのではないか」

「あの信長が？　想像できんな」

「探して、どうするつもりだ」

「《調伏《ちょうぶく》》する。他に選択肢《せんたくし》はない」

「暗照を引き入れるという選択肢も？」

「もとより、ない。怨霊即《調伏》だ」

「石頭め。怨霊は利用してから《調伏》すればよい。やつと手を組めれば、信長を凌《しの》ぐ力を手に入れられるぞ。胸に手を当てて考えろ。おまえを消そうとしているのは、信長だけか？」

後ろ暗いところを突かれて、景虎は怖い顔をした。

「どういう意味だ」

「新橋《しんばし》の料亭で、おまえと信長を始末しようとした者がいたはずだ」

そのことはまだ夜叉衆にも告げていない。その場にいなかった高坂が、なぜそれを知っているのか。景虎は警戒気味に睨《にら》みつけた。

「どういう意味だ。あれは相討ちだ」

「ふん。トラウマになったとみえる。そういうことにしておいてもいいが、二度目が起きんと言い切れるのか」

あの時現れた謎の修行僧。目撃したのは、景虎と信長だけだ。

――謙信《けんしん》…公……っ？

今日まで誰にも打ち明けずにいた。「謙信」に殺されかけたかもしれない、など仲間には口が裂けても言えない。口にするのもためらわれた。

——おぬしらは出会うてはならぬさだめであった。

——この世を歪《ゆが》める、悪鬼《あっき》となり果てた。滅びよ。

この身を引き裂いた無数のかまいたちを思いだし、景虎は目をつぶった。

あれから姿を現してはいない。疑心暗鬼はくすぶっている。もしあれが謙信本人だったとしたら、自分は義父から切り捨てられたのか。

夜叉衆の前ではポーカーフェイスを通した。それでも気持ちが乱れる。

義父は自分の何を「悪鬼」とみなしたのか。

自分を切るつもりなら、冥界上杉軍も味方にはならない。この数百年、求めても何も言葉をかけてくれなかった義父の、それが結論だというならば、今日までの日々は何だったのか。

自分が追われる身になるなど考えてもみなかった。信長と次に対峙《たいじ》した時、再び同じことが起こるかもしれない。

「……それでもいいさ」

景虎は暗い瞳《ひとみ》で宙を睨んだ。

「信長を討てるなら、悪鬼にでも悪魔にでもなってやる。それさえ果たせれば、あとは地獄《じごく》に落ちてもかまわん」

「迷いなしか。つまらんな」

「そういうおまえは、何者だ」

景虎は返す刀で問いかけた。

「桓武帝の話をまるで見てきたかのように。武田《たけだ》の家臣・高坂弾正。それは原名《もとのな》ではないだろう。おまえが最初に生まれたのはいつだ。本当の名は何だ」

はぐらかしを許さない空気だ。突きつけられても、高坂はやんわりかわした。

「おまえらより多少長くは生きている。名は忘れた。それより、直江殿と美奈子殿は、本当は、いまどちらへ？」

「言えない。いくら四百年来の顔見知りでも、な」

「心配ですなあ」

高坂は帽子を深くかぶって、立ちあがった。

「……直江殿は稀代《きだい》の忠犬といえど、男女のこと。清廉《せいれん》潔白な上杉武者がよもや間違いなど起こしはすまいが、直江殿が音《ね》を上げぬうちに、とっとと呼び戻したほうがよいのでは？」

「ご忠告痛み入るよ」

「景虎殿は残酷なおひとですなあ。気づかぬふりをしていれば、罪にならぬ、とでも思っているのですかな？」

景虎が目を据《す》わらせた。高坂は黒コートの襟《えり》を整えて、一度振り返った。

「もっとも、もう手遅れかもしれませんがね……。クク」

意味深な薄笑いを残して、高坂は部屋から出ていった。

ひとりに戻った途端、景虎は畳《たたみ》の上に座り込んだ。

立っているだけでも息が切れる。手遅れ、という一言が刺さる。

（鉄二への換生《かんしょう》は、なくなった）

信長の奴隷になった肉体など選べない。心のどこかで安堵《あんど》する反面、気が重い。今度は誰の宿体《しゅくたい》を犠牲にしろというのか。やはり、この体でいるうちに全部決着をつけるしかない。

（直江……）

自分の戦場に直江がいない意味を、景虎は噛みしめなければならなかった。

どんなに苦しい局面でも、直江が自分の後ろにいる。背中を守られていると思うだけで心強かった。

直江のいない戦場だ。他の誰にも代わりにはなれない。どこまでも守りきられている頼もしさに、どれだけ支えられてきたかわからない。体の一部だったのだ。

だが、決めたことだ。直江の宿体だった山口《やまぐち》の死顔が、脳裏《のうり》に焼きついている。

（逃げきれ、直江。おまえだけは最後まで生き残れ）

（そして美奈子とともに）

——目を背けるのは、やめろ。

景虎は耳を塞《ふさ》いだ。またあの声だ。もうひとりの自分だ。

──おまえが信じられるのは、良心なんかじゃない。

──苦しみしか信じられないくせに。

（やめろ）

──おまえはいつだって愛する者のうめき声にしか満たされないんだ。人格が故障してるんだ。美奈子はおまえのために微笑《ほほえ》むと言ったが、彼女の恩寵《おんちょう》を受けとる資格はない。

──そもそも美奈子がおまえに求めていたものを、一度でも心から理解しようとしたことがあったか。心からこたえようとしたことがあったか。彼女の幸福、彼女との未来、初めからそんな尊《とうと》いもののために戦ったためしはなかったくせに。

──未来がないことを言い訳にして、逃げ込む場所しか求めていなかったくせに。

（ちがう……っ。オレは）

──自分が有害であることを認めろ。

（失《う》せろ！　幻《まぼろし》！）

──直江にも美奈子にも、有害でしかない男だ。荒野を逃れる意志がないのだ。人の心を恐れるあまり、与えず、受け容れず、試し続け……。

──自意識の化け物だ。自己愛しか育てられぬ「できそこない」だからだ。

──求めすぎたり奪いすぎたり、おまえは四百年も生きてきたくせに人の愛し方がわからないのだ。ぐらぐら揺れながら愛する者をくいつぶす。底なし沼を広げているのは自分だろう。——卑屈《ひくつ》な自意識に飼い慣らされ、機能不全を暴かれるのを恐れて、何かを選びとることも捨てることもできず、解決不能な問題から目を背け自ら答えを示す勇気も持てず——。

「やめろ！」

たまらず叫ぶと同時に、建物が不気味な軋《きし》み音をあげた。はっと我にかえると、障子が裂けて柱に先ほどまでなかった亀裂《きれつ》がある。

「なん……だ……」

いやな感触だった。自分の念動力が溢《あふ》れたのだと気づくまで、しばしを要した。無意識だった。《力》を発するという意識もなく漏《も》れだした。

思わず掌《てのひら》を見た、その時だ。

襖の向こうに人の気配を感じた。

景虎は思わず手負いの獣《けもの》のような鋭さで反応した。その気配が、新橋の料亭に現れたものとよく似ていたからだ。全身の毛を逆立てて身構える。まさか……。

(あの時の？)

「……そこにいるのは……謙信公……、なのですか」

景虎は恐怖に竦《すく》んだ。まさか、今度こそ自分を殺しに来たのか。

「とどめをさしに……きたのですか」

声が震えた。はちきれそうなほど目を見開き、唇が乾いた。動悸が激しくなっていく。重い沈黙に耐えきれなくなって、たまらず声を荒げた。

「私の何が間違っていたのですか！　私はあなたの御心《みこころ》のまま生きただけです。誰が好きで悪鬼になんかなるものか！　使命を果たすためです。あなたの信頼に応《こた》えたかったからです！　これが私への審判なのですか。答えてください、謙信公……！」

襖が音もなく、あいた。

そこに立っていた者を見て、景虎は息を止めた。

「そこでなにをしてる」

石太郎がいる。

小さな体で、たったひとり、ぽつん、と立ち尽くしているではないか。景虎は拍子抜けして力が抜けてしまった。

「どうした？　寝ぼけたのか？　それとも……」

石太郎の様子がおかしい。その身から溢れる気に、景虎は再び身構えた。あの時と同じだ。新橋の料亭で現れた修験僧と、同じ強い気を発して、こちらを見ている。

「おまえは誰だ」

『……仏性石は……まだか』

なに、と景虎は腰を浮かせた。

「まさか、おまえ……」

『最後のひとつは、まだか』

石太郎だ。晴家に口寄せで語らせた石太郎が——奇妙丸が、直接語りかけてきたのだ。その言葉に耳を傾け、景虎は構えを解かないまま、慎重に答えを返した。

「最後のひとつは存在しなかった。最後のひとりは死んでいた。三つは揃《そろ》わない」

『しんだ……とな』

「だが、これで諦《あきら》めたくはない。他に方法を探りたい。弥勒を生む方法を！」

石太郎はすっと糸のように眼を細めた。まるで道ばたの石地蔵《じぞう》のように直立不動のまま、気《オー》炎《ラ》だけを燃え立たせて景虎を見ている。

「おまえは何者なんだ。石太郎。ただの幼子《おさなご》じゃない。換生者なのか」

『………』

「なぜオレたちに手を貸した。父親への……信長への復讐《ふくしゅう》か。おまえを埋めた父親への」

『おぬしは危険』

景虎は息を呑《の》んだ。石太郎は目を伏せたまま、低く言葉を発した。

『おぬしらは、出会うてはならぬ〝さだめ〟であった。この世を歪める、悪鬼となり果てた』

あの時の〝謙信〟と同じ言葉だ。信長と景虎に向けた言葉を、石太郎が口にするではないか。

景虎は背筋が凍った。なぜ石太郎が。信長の子が、〝謙信〟の言葉を。

「誰なんだ、おまえは。石太郎、まさか」

景虎は身を乗り出し、

「おまえが、謙信公なのか」

石太郎は仏像のように身じろぎもしない。

(換生したというのか)

軍神として《天の闇界《くらきほとり》》から降臨《こうりん》して、自ら、換生を?

(義父上《ちちうえ》が――謙信公が信長の子に、じかに換生をしたと?)

『……………。己《おのれ》が消える覚悟はあるか』

問いには答えず、石太郎が問いかけてくる。景虎は迷わず、

「それで信長を討てるのであれば」

『我が呪法は禁法中の禁法。一度修した者はその秘密ごと消えねばならぬ。一度、我が手をとって、魔王征伐《せいばつ》が成ったその時は、おぬし自身にも消えてもらうことになる。それでもよいか』

景虎は、躊躇《ちゅうちょ》した。黙考し、振り払うように覚悟を固め、

「魔王征伐が成った暁《あかつき》には」

『ならば、子を埋めよ』

景虎は耳を疑った。訊き返そうとするのにかぶせるように、石太郎は言った。

『産子根針の壇に、おのが子を埋めよ。己自身が呪者となることで、霊脈の力を手に入れられ

る。産子は必ずや霊脈から吸い上げた石を手にするであろう』

「なにを……ばかな……」

『奪うがよい。魔王の手にする産子根針の力。わしが導こう』

景虎は、ゴクリとつばをのんだ。

「そうだったのか……石太郎。すべてはおまえが」

『我が手をとるか。拒《こば》むか』

石太郎がもみじのように小さな手を差し伸べる。景虎は全《すべ》てを悟った。

（そういうことだったのか）

脳がすっと冷えて雑念が消えた。歯を食いしばり、膝《ひざ》に手をあてて立ちあがる。毒を食らわば皿まで、か。悪魔と手を結ぶとは、こういうことだったのか。

（ならば）

意を決し、石太郎の差し伸べた手をとろうとした。その時。

なんの前触れもなく、パ、と閃光《せんこう》が生じた。頭上に強い爆圧を感じた瞬間、凄まじい破壊音が起こり、部屋中の建具《たてぐ》が吹っ飛んだ。

景虎は身をかばったが、遅かった。気がついた時には吹っ飛ばされて倒れ込んでいる。部屋はめちゃめちゃだ。襖が飛び、壁が粉々になって崩れ、梁《はり》と鴨居《かもい》が真っ二つになって落ちている。柱もひしゃげ、天井が傾き、破壊された部屋の中にはもうもうと埃《ほこり》が舞った。

「石太郎！」

落ちた梁のそばに、石太郎が倒れている。立ちあがろうとした景虎は、ふいに凍りついた。

煙《けむ》る部屋の向こうに、ゆらり、と人影が現れたのだ。

砂埃が晴れて、そこから姿を現したのは……。

「鉄二……」

薄笑いを浮かべて、鉄二が立っている。その額には赤く光る種がある。

「やっと正体を現したな……。奇妙丸」

鉄二の口から発せられた言葉に、景虎はゾッとした。その口調は明らかに鉄二のものではなかったからだ。

そこにいるのは、もう鉄二ではない。鉄二の姿をした別人だ。

片頬を歪めて笑う、その癖《くせ》も。は虫類めいた三白眼《さんぱくがん》も。あの素直で一途《いちず》な鉄二ではない。

（これは信長だ！）

「……き……さま……っ」

景虎がどうにか立ちあがると、鉄二はこちらを一瞥《いちべつ》した。氷のように冷ややかな眼だった。

「なぜだ。鉄二は薬で眠らせたはずだ」

「ククク。『魔王の種』は植えた相手の全てを得る。貴様らの手の内などお見通しだ」

「『魔王の種』！　それが貴様の！」

鉄二は笑った。眼圧だけで人を黙らせる、あの凶悪な目つきだ。

「気づいたことは褒《ほ》めてやる。だが、その瞬間殺すべきだった」

「信長、貴様！」

「ハハハ！　奇妙丸め、まんまと父をたばかりおって！」

鉄二の掌の上の空気が急速に圧縮されて熱を帯びていく。

まずい、と景虎は思った。鉄二――いや、信長は圧縮した念の弾《たま》を頭上に掲《かか》げた。

「ならば貴様は用なしだ。奇妙！」

「！」

重い衝撃とともに《力》が撃ち放たれた。景虎は咄嗟《とっさ》に《護身波《ごしんは》》で受け止めて、奇妙丸をかばう。至近距離で念と念が衝突し、唸《うな》りをあげていく。

「景虎……きさま……ァ」

「ぐおおおお！」

《力》と《力》がぶつかるエネルギーで落ちた梁や建具がひしゃげていく。鉄二が放つ《力》は信長本人が放つものとまるで遜色《そんしょく》がない。本体ではないくせに、まるで本人であるかのような猛烈な力だ。

「邪魔《じゃま》だ、景虎アアァァァ！」

吠《ほ》えた信長が渾身《こんしん》の念を搾《しぼ》り出した。その量は景虎を圧倒し、ついに《護身波》を支えきれなくなった瞬間、体ごと後方に吹っ飛ばされた。瓦礫《がれき》の中に倒れた景虎は、信長の力がこれまで以上に増大していることに気づき、戦慄《せんりつ》した。

(根針法の力)

信長は産子根針の力を完全にものにしている。夜叉衆が根針壇潰しでいくら減力させようが、新たな壇は次々と作り出されて追いつかない。いったい何人産子を生んだというのか。

「無駄だ、景虎。もう貴様はわしの足下にも及ばない」

凶悪な笑みを浮かべた信長の体が、徐々に白熱化していく。それは凶兆だった。景虎には見覚えがある。全身が総毛立った。

(まずい)

「なぜ、奇妙丸をかばう。その者は貴様とわしをもろとも滅ぼそうとした張本人だぞ。その者は貴様を利用するだけだ。利用するだけ利用して、この世への復活をもくろんでいる。本物の魔王は、そこにおるのだぞ」

再び掌に念を圧縮していく。一発目の比ではない。周囲の空間が歪み始めている。赤熱から白熱へと急速に高まっていく念は、ただの念ではない。

(《破魂波》!)

止めようとして、景虎は咄嗟に剣印《けんいん》を結んだ。と同時に部屋の四隅に置いた木端神が解かれて神仏が四体出現した。四天王だ。四方を護持《ごじ》する持国天《じこくてん》、増長天《ぞうちょうてん》、広目天《こうもくてん》、多聞天《たもんてん》、それらが出現して、信長めがけて法力《ほうりき》を発する。

「ごあああ！」

四天王の懲罰力《ちようばつりよく》をまともにくらって、信長は悶《もだ》え苦しんだ。だが、仕留めきれない。しぶとく踏みこたえ、抵抗し続ける。

「南無刀八毘沙門天《なむとばつびしやもんてん》！」

景虎は力をふりしぼって印を結んだ。《調伏》ではない。ダメージを与えるなら、こちらが早い。毘沙門弓に切り替えて。とどめをさそうとした。

「我はつがえん、正義の弓を！　懲伏《ちようぶく》の……っ！」

イヤな感触がした。手元が狂い、術がコントロールを外れてあからさまに乱れた。その一瞬の隙《すき》を見逃す信長ではない。

「うおおおおおおおお！」

鉄二の肉体が真っ白に燃え上がり、景虎を圧倒した。次の瞬間。

四天王が一瞬のうちに青い炎に包まれて、燃焼音と共に消えた。消滅してしまったのだ。

「終わりだ、奇妙丸！　景虎アァァッ！」

信長の手に再び《破魂波》が生み出されていく。一瞬のうちに膨れあがり、留まるところを知らず、さしもの景虎も押さえ込めない。死を覚悟した。

「うおおおお！」

「させん！」

信長に左右から突然、念攻撃が飛んできた。集中砲火だ。景虎が見やると、瓦礫の向こうに高坂と勝長がいる。ふたりがかりで信長を押さえ込んでいる。

「景虎！　いまだ、やれ！」

景虎は迷わず、もう一度、毘沙門弓を生み出した。

「悪鬼滅伏……！」

矢を放とうとした刹那《せつな》、信長が勢いを盛り返した。景虎の矢は一瞬で四散し、信長の発散した爆風めいた《力》で、高坂と勝長もろとも飛ばされてしまう。三人はあえなく倒れ伏した。

手に負えない……！

「なんて力だ……あの者、もう人間ではない……っ」

産子根針の力で松川《まつかわ》神社を丸ごと吹っ飛ばした。あの時から信長はもう人ならぬものになっているのかもしれなかった。分身でさえ、手がつけられない。景虎たちが三人がかりで攻撃してもまるで歯が立たない。

三人の力を片手一本で防ぎながら、信長が、鉄二の顔で凶悪に笑った。

「景虎……。弱くなったなあ……」

「ふざ……けるな……ッ」

「いや、わしが強くなりすぎてしもうたか。この手で心臓《しんぞう》を摑み潰してやるつもりだったが、貴様が弱すぎて、その気も失せた。虫けらに過ぎぬ貴様には、我が手を下す栄誉など与えるだけ無駄であろう」

景虎は震えている。恐怖なのか怒りなのか屈辱《くつじょく》なのか、わからない。目尻《めじり》が切れんばかりに睨みつけ、奥歯が砕けんばかりに嚙みしめて、残る力を搾り出す。

こんなはずではない。刺し違える相手は、朽木《くちき》の肉体を持つ信長本人だった。こんな分身相手のはずではなかった。だが、ここで刺し違えなければ、確実に全員破魂される。

「貴様はオレが殺す！」

「全員ひとまとめに砕いてやろう！　完全なる死だ、喜んで受けろ！」

信長の破魂波が三度《みたび》膨れあがる。産子根針の力を得て、たやすく《破魂波》を生み出せるようになってしまった。景虎は印を結ぶ。毘沙門天の護持力にかけるしかない。

と、その時だった。信長の表情が不意に歪んだ。

「なに」

《破魂波》の膨張《ぼうちょう》が止まった。

異変が起きている。信長が力を生み続けているのに《破魂波》が何かに吸われているのだ。生み出しただけどこかに吸われていく。

「これは……っ」

奇妙丸だった。突っ伏したまま、奇妙丸が何か唱《とな》えている。それは真言《しんごん》のようだった。体中がほのかに発光している。弥勒菩薩《ぼさつ》の真言だ。

「……きみょう……きさまか……っ」

「石太郎！」

「誰の手で解放されたと思うておる！　ゆるさんぞ、暗照ォォォォ——ッ！」

信長の絶叫とともに《破魂波》が一気に膨れあがる。銃声が上がったのはその時だった。鉄二の体が一瞬のけぞり、間髪入れず、別の声があがった。

「悪鬼懲伏！」

閃光が炸裂《さくれつ》した。

信長の雄叫《おたけ》びは悲鳴に変わった。一筋の光線が鉄二の肉体を貫《つらぬ》いたのだ。

《破魂波》は霧散した。鉄二の肉体が倒れ込んでいくのがスローモーションのように目に焼きついた。その映像も光に飲まれていく。圧倒的な光量に押し潰されそうになりながら耐えていた景虎たちは、辺りが色彩を取り戻したのに気づいてようやく細く目を開いた。

「間に合ったぜ、大将」

安田《やすだ》長秀だった。毘沙門弓を射放ったのは。

間一髪だった。

長秀は舌打ちしながら拳銃《けんじゅう》を腰ベルトに突っ込んだ。銃と毘沙門弓、物理攻撃と仏法力《ぶっぽうりき》の二丁立てで信長の戦闘力を削《そ》いだのだ。

「鉄二の野郎、信長なんぞに取り憑《つ》かれやがって……。おい、とっつぁん大丈夫か」

「！　……まだだ、長秀！」

勝長が叫んだのは、新たな手勢に囲まれていることに気づいたからだ。現れたのは鎧《よろい》武者たちだった。織田の怨霊たちだ。今度は数で勝負するつもりか。それらに加えて霊に取り憑かれた寺の僧たちまでも、景虎たちに襲《おそ》いかかってきたのだ。

「くそ！　次から次へとめんどくせー！」

「高坂、奇妙丸を！」

「ふん、子守は嫌いだ。とっととやれ！」

襲いかかってくる怨霊たちを引きつけて、応戦する。人海ならぬ霊海作戦だ。入り乱れて混戦になった。執拗《しつよう》な攻撃をかわして三人は印を結んだ。

「〝《バイ》〟！」

「のうまくさまんだ　ぼだなん　ばいしらまんだや　そわか！」

「南無刀八毘沙門天！　悪鬼征伐、我に御力《おんちから》与えたまえ！」

三人は声を合わせた。

「《調伏》！」

一斉に放たれた《調伏力》が僧侶たちから霊を引き剝《は》がす。瞬《また》く間に飲まれていき、辺りが溢れた光で飽和しきったと思われた時、鳥の群れの羽ばたくような音が響いて、怨霊もろとも

この世ならぬところへと、消え去っていった。

ようやく全てを片づけ終えて、あとに残ったのは惨憺《さんたん》たる室内の瓦礫だ。そこが限界だったのだろう。とうとう景虎は力尽きて、勝長の腕に倒れ込んだ。

「いかん、無茶しすぎたな。石太郎は無事か、高坂！」

奇妙丸は無事だった。高坂にきっちり守られていた。だが、

「鉄二がいねえ」

長秀が舌打ちをした。怨霊たちが湧いて出たのは、撤退を助けるためだったらしい。

「だからさっさと殺せと言ったのだ」

「人のせいにすんな、高坂。やれるんならとっくにやってる！」

長秀は拾い上げた木端神を苛立《いらだ》たしげに投げつけた。勝長も顔面蒼白《そうはく》になっている。

「……なんてやつだ。鉄二の体でも《破魂波》が撃てるとは」

そこまでとは思わなかった。信長が文字通り分身したようなものだ。

「……やつは奇妙丸の正体を暴きにきたのだ」

高坂の言葉に、長秀と勝長が怪訝《けげん》な顔で覗《のぞ》き込んでくる。高坂は険《けわ》しい顔をしている。

「自分を殺しにきたものの正体を」

＊

信長との戦いで大きく壊れた建物からは、虎姫の遺体が発見された。全身を八つ裂きにされたような、ひどい裂傷《れっしょう》を負っていた。

その霊魂が見当たらない。

手を下したのは、信長に乗っ取られた鉄二だったのだろう。となると、虎姫の魂も、すでに破魂されてしまったと見て間違いない。信長は裏切り者を許さない。

信長は鉄二の体で奇妙丸を殺そうと思えば、いつでも殺せたのだ。だが、今日まで手を下さなかったのは、奇妙丸が換生者であることに気づいていたからだろう。

虎姫が情報提供者になっていたことも、知っていて見逃していた。

虎姫から「漏れる」情報を把握《はあく》した上で、織田も動いていただろうから、厄介だ。

織田が阿藤守信《あとうもりのぶ》を九州に派遣したこと、阿蘇《あそ》に集約壇を作ろうとしていること。それも景虎たちは知っている。それを承知の上で織田も動いている。

岐阜邸への襲撃をあえて鉄二に皆伝えて、裏をかく計画だった。だが、それも白紙になってしまった。

「一筋縄じゃいかねえな……。くそったれ」

長秀も苛立ちを隠さない。病院の遺体安置所に横たわる、女の亡骸《なきがら》の前で、悪態をついた。

「それより、奇妙丸の正体っつーのは、なんなんだよ」

「……。景虎はずっと何かを隠してたようだった」

勝長は数珠《じゆず》を上着のポケットに収めて、険しい顔をした。

「だが、問題は……」

＊

景虎は病室にいた。

怪我《けが》の手当ては終わり、ベッドに横たわっている。

西日の差し込む殺風景な病室には、見舞いの花もない。赤く染められた床には、窓枠の黒い影が十字架のように落ちている。

景虎は、じっと天井を見上げていたが――。

身を起こすと、革ジャンパーを引き寄せ、そのポケットから黒い塊《かたまり》を取りだした。

拳銃だった。

(潮時だ)

この肉体は、もう戦えない。

そう判断した時が、肉体を換える時だった。

景虎は拳銃を手に取った。弾は、一発だけ入っている。弾倉を押し込んで、景虎はその冷たい感触をじっと掌で感じていた。

（この眼で見る、最後の景色か）

夕陽《ゆうひ》の差し込む窓辺には、皺《しわ》だらけのカーテンが中途半端に下がっている。窓の外には銀杏《いちょう》の木が立ち、赤光が空に向かって静脈のように伸びた枝の輪郭《りんかく》を縁取っている。あたかも、夕焼けの中に溶け込んでいくかのようだ。

加瀬賢三《けんぞう》としての人生。

いまは亡き家族の顔が思い浮かんだ。短かった団らん、海軍での教練の日々、駆逐艦《くちくかん》の甲板《かんぱん》から眺めた夕陽、東京を焼いたナパームの炎。レガーロのステージの赤いライト、美奈子と眺めた神社の夕焼け、彼女が首にかけてくれた赤いマフラー。

どうしてだろう。振り返れば、まぶたに焼きついているのは、いつもいつも、赤い光に染まった光景だった。

この腕の中で死んでいった山口。

レガーロの片隅で、ビールを飲んでいた尚紀《なおき》。

山口の墓に咲いていた曼珠沙華《まんじゆしやげ》。

喪服を着た尚紀。

あらゆる瞬間を刻んだ脳を、壊す。一発の弾丸で。

加瀬賢三としての記憶は、次の魂にも引き継がれるが、ここまで鮮明に思い浮かべることはできなくなる。苦しみも悲しみも多い人生だった。だが、それだけではなかった。多くの友も得た。決して孤独ではなかった加瀬賢三の人生だ。

死はあらゆる縁を絶つ。失うのは本当は肉体ではなく、たくさんの人々との縁なのだ。失って失って失い続ける中で、だからこそ、夜叉衆との絆《きずな》だけは手離せなかった。一本の糸を握りしめるように。

別人になっても「景虎」だと気づいてくれる安心感と信頼感に、どれだけ救われてきたか。

（〝景虎〟と呼んでくれるあいつらがいたから、オレはオレであり続けられた）

景虎は自分の手を見つめた。およそ四十年、ずっとつきあってきた手だ。目に馴染《なじ》んだ、少しごろりとした爪の形、若かった頃よりもだいぶ皺が増えたと感じた。親指のほくろだけが変わらない。

（加瀬賢三として、最後の仕事か）

景虎は拳銃を手に取った。

撃鉄を起こし、銃口をこめかみにあてて、引き金に指をかける。

力を入れかけた、その時だった。

ふいに右手を包み込む、あたたかな感触がした。まるで静電気にでも包まれたような感触だ。

そのまま右手が動かなくなった。

景虎は息を呑んだ。そこにいたのは、女の霊体だ。

「……きみは……」

ゆらゆらと霊気を発しながら、佇《たたず》んでいる。見覚えのない姿だった。二十代後半とみえる若い女だ。死装束《しにしょうぞく》と思える着物姿、ふっくらとした丸顔に小さな瞳。霊体に容姿が鮮明に残っているところをみると、現代人のようだ。

《……ナリマセン……》

女の霊は、景虎の拳銃を持つ右手を両手でしっかりと包んで、諭《さと》すように言った。

《……命ハ……断ッテハ、ナリマセン……》

「あなたは、だれだ」

《奇妙丸ノ、母》

松子《まつこ》という六王教の女だった。

戦巫女《いくさみこ》として、信長の子──奇妙丸と茶筅丸を産んだ女だ。

虎姫によれば、三つ子を産んで命を落とした。生前は降三世明王《ごうざんぜみょうおう》をその身に降臨させるほどの力の持ち主だったという。

仏を「降霊」させた戦巫女は、ただの戦巫女ではない。そのためなのか、まとっている《気》がすこぶる強い。霊体を半実体化させているほどの霊力だ。

「なぜ、オレを止める。君は六王教の、信長の妻だろう」

松子の霊は悲しそうに見つめ返してくる。

《ソノ命……授ケタ母君ガ……キット悲シム》
景虎はハッとした。脳裏には、加瀬の母親の顔が浮かんだ。
《――……戦争ヲ生キ抜イタ命……最後マデ、大事にシテ》
松子の思念に母親の声が重なった。いつも椿油《つばきあぶら》のいいにおいがしていた。そのぬくもりが甦《よみがえ》った時、引き金から指が外れ、銃把《じゅうは》を握る手がゆっくりと下がった。
無力を知ったかのように、景虎は腕を下げた。
「……なぜだ。なぜ……」
《……アノ方ヲ、止メテ》
松子の霊は訴えた。
《……私ハ……間違ッテイタ……》
「なにを」
《……アノ方ノタメナラト……我ガ子ヲ生贄《いけにえ》ニ捧《ささ》ゲタ、浅ハカサ……》
《……悔イテモ悔イタリヌ》
松子が死んで成仏できなかったのは、三つ子たちへの罪の意識のせいだった。後悔のあまり、浮かばれなかった。母親としての想《おも》いが、松子の霊をこの世に留まらせていたのだ。
《……アノ方ハ……命ヲ軽ンジ、生ト死ノ牧柵《ぼくさく》を……壊ソウトシテイル》
《……アノ方ヲ……止メテ……》

《……アナタシカ……止メラレヌ……》
切実な訴えを、景虎は受け止めていたが、苦しい表情だった。
「だが、この肉体ではもう戦えない。念がコントロールできない。死んで、次の肉体に換わらなければ」
《……アナタノ命……マダ、力尽キテイナイ……》
松子は言った。
《……私ガ導キマショウ……。アノ方ノモトへ……》
「信長の？」
《……仏ノ御力ヲ……アナタニ……》
手を握っていた松子の掌が、景虎の手の中に溶けていく。右手が熱を帯び、血管を伝って何か熱の塊のようなものが体中に入り込んでくるのを感じた。松子自身がエネルギーの塊になって、肉体に注ぎ込まれていくような、不思議な感覚だった。
意識が遠のいていき、ふと気がついた時には、松子の霊はもうどこにもいない。
そのかわりに右手を握っているものがいる。
石太郎だった。
「奇妙丸……」
いつのまにか拳銃の代わりに、小さなもみじのような手を握っている。

黒い大きな瞳が、こちらを見つめている。

「奇妙丸……。おまえが連れてきたのか。母親の霊を」

何も答えない。ただ澄んだあどけない瞳で、まっすぐに見上げてくる。

「そうか。おまえが危惧《きぐ》してたのは、そういうことだったのか」

景虎はようやく理解した。自分の何が「悪鬼」とみなされたのか。

「心配するな。オレはただの羊飼いだ。それ以上にも以下にもならない」

「……」

「牧柵は守る。松子の想いは、無駄にはしない」

石太郎は黙って、窓の外を指さした。夕陽はすでに沈み、あたりを薄闇が包み始めている。

──私ガ導キマショウ、アノ方ノモトへ。

景虎の体の中を巡る、松子の想いが告げている。

西の空は、雲の隙間にわずかに赤い滲《にじ》みを残しながら、暗くなっていく。指さす方角は燃えている。そこに待つのは西方浄土《さいほうじょうど》ではない。戦場だ。

「自決すんじゃなかったのかよ」

入口のほうから声をかけてきたのは、長秀だった。そばには勝長もいる。

景虎の手にはもう、自決用の拳銃はない。

「少なくとも、遺体安置所にはまだいかない」

「覚悟《ケツ》が決まってねえヤツだな。てめえのその体で、信長とやりあうなんざ到底……っ」

と言いかけた長秀が、驚いて目を瞠《みは》った。勝長も思わず言葉を呑み、

「おい。景虎、おまえ何があった」

景虎の体からは、紅《あか》い陽炎《かげろう》めいたオーラがたちのぼっている。

充溢《じゅういつ》した気は、加瀬が健康体だった頃より、なお力強いようにみえた。

「降三世明王……。降臨させたのか、いつのまに」

「オレじゃない」

景虎は掌を見つめた。

「魔王を愛した女の、願いだ」


行くべき場所は、決まった。

そこに信長はいる。

そして、そここそが、信長を倒す場所になる。

体の中の松子が告げている。

あの方を、救ってくれ、と。


「行こう」

景虎は西を見つめている。
そこに待つのは浄土ではない。戦場だ。
──私が導きましょう、あの方のもとへ。
阿蘇へ──。

第三章　オフィーリアの戦場

あれから美奈子《みなこ》は静穏を取り戻した。

阿蘇《あそ》は冷え込みが厳しく、朝になると辺りは霜《しも》で真っ白になる。朝日をあびて輝く光景は、美しい。

美奈子は相変わらず、絵を描いている。

だが、少し前とはタッチが明らかに変化していた。

あの息苦しいほど緻密《ちみつ》で写実的だった画風が緩《ゆる》み、シンプルで柔らかくなった。

題材も、手当たり次第ということはなくなり、彼女自身がふと心に留めたものを、一枚の画用紙に丁寧《ていねい》に大らかに描くようになっている。

腹に宿した子を産む、という決意を固めてから、彼女自身もようやく心が定まったのだろう。

それは苦しみを乗り越えるために彼女がたどり着いた答えでもあった。景虎《かげとら》を産む、という一事のみを抱きしめ、無残な夜は記憶の奥のほうへしまいこみ、蓋《ふた》をした。晴家《はるいえ》にはそう見える。

いまの美奈子は不思議と幸福そうだった。

これから買い物に出るが必要なものはあるか、と晴家が問うと「毛糸と編み棒が欲しい」と答える。

《手編みのマフラーでも？》

「靴下を編もうかと」

《ああ、朝晩とても寒いものね。足元も暖めなきゃ》

「いえ、私ではなく」

美奈子は腹をさすりながら、微笑《ほほえ》んでいる。

「……この子のために。私は不器用なので、編むのに時間がかかるのです。いまのうちに編みためておこうかと」

晴家は言葉を失った。

出産はまだまだ先だ。

が、生まれてくる「景虎」のために何かをすることで、彼女の心は平穏を保てるようだった。

美奈子の表情が、晴家には、どこかこの世の者ではないように見える時がある。世俗の葛藤《かっとう》を逃れて、安息《あんそく》の場に閉じこもる姿が、そう見せるのかもしれなかった。

何か手の届かない存在になってしまったような……。安らかで清らかなものの内に潜《ひそ》む狂気の気配が、晴家の不安を掻《か》き立てる。

尤《もっと》も取り越し苦労なのだろう。いまは世俗離れして見える美奈子も、分娩《ぶんべん》の痛みに耐え、産んだ子を抱けば、いやでも現実を生きる人間に戻るだろう。その身から溢《あふ》れる乳を与え、泣く子をあやし、おむつを替え……。子育てに追われるうちに彼女本来のたくましさを取り戻す。世間の荒波に揉《も》まれ、苦難に直面するだろうが、自分などが心配せずとも、子を守るために彼女は「母」として、しぶとくしたたかに、人生の凸凹《でこぼこ》道を歩いていくにちがいない。

(そうであってほしい)

晴家はかつて町医者だった慎太郎《しんたろう》のもとで、何度か、出産の場に立ち会ったことがあるから、産婆《さんば》になるのはやぶさかではない。美奈子と直江《なおえ》の子を、この手で取り上げる覚悟もついた。

だが、今まで見てきた妊婦たちとも、明らかにちがう。

無残な事件を忘却《ぼうきゃく》の彼方《かなた》へと投げ、まるで自分は処女受胎《しょじょじゅたい》したとでも思い込んでいるような、澄《す》んだ眼差《まなざ》しが、怖い。

生身の人間としての感情を失っているような。

美奈子ひとりだけ、どこかにたどり着いてしまったような。

誰よりも先に、行き着いてしまったような。

それとも、これは単純に強さなのだろうか。

これこそが初生人《しょせいじん》の強さなのだろうか。

晴家が今なすべきことは、母子ともに守り抜くことだった。鉄二《てつじ》への情報操作で、織田《おだ》の捜索網を海外にそらせたが、今、ここを離れるか否《いな》かの判断が難しい。

身重の美奈子を鑑《かんが》み、次の潜伏先の目星がつくまで、あと数日だけ、ここに留まる判断をした。

そんな晴家のもとに、八海《はっかい》から報《しら》せがあった。

《なんですって。景虎が》

島原《しまばら》半島にいるという。

織田に大きな動きがあった。どうやら島原の霊たちを甦《よみがえ》らせて、雲仙《うんぜん》に壇《だん》を築こうとしているようなのだ。長秀《ながひで》と勝長《かつなが》も向かっているという。

晴家は呼び出しを受けた。

そもそも晴家が九州に来た目的も壇を潰《つぶ》すためだ。その後、連絡が途絶えがちになっているのを、景虎は怪訝《けげん》に思ったのだろう。

報告と今後について直接会って話したいという。

《……わかったわ。どこに行けばいい？》

景虎は三日後、船で三角《みすみ》港に来る。

そこで落ち合うことになった。

晴家の胸に再び迷いが生じた。

景虎に美奈子と直江のことを伝えるべきか。やはり黙っているべきか。

黙っていても、いつかはわかることだ。

景虎の動揺は容易に想像がつく。直江の罪をかばうつもりは毛頭ないが、少なくとも美奈子に対して、景虎が不実を疑うようなことだけはあってはならない。

気が重い。責任重大だ。

(だけど、当人たちと会わせる前に、私の口から話さないと)

結局、美奈子たちには景虎と会うことは話さなかった。

用事で出かけるとだけ伝えて、晴家は阿蘇の山荘を後にした。

＊

三角港は熊本市の南、宇土《うと》にある。

明治時代に作られた大きな貿易港だった。鉄道を使えば、熊本から三角線で一時間ほどかかるが、西九州の物流を担《にな》う港だけあって、賑《にぎ》わっている。海運倉庫が建ち並び、埠頭《ふとう》には大きな石炭運搬船や貨物船が着岸している。

税関出張所の建物前で、景虎は待っていた。

「次の定期船でまた向こうに戻らなくちゃならない。慌《あわ》ただしくて悪いな」

対岸の島原半島には、原《はら》城の跡がある。島原の乱で一揆《いっき》軍が立てこもった城だ。天草四郎《あまくさしろう》に率いられた切支丹《きりしたん》たちをはじめとする二万にのぼる一揆軍の霊が留まっている。

織田は彼らを目覚めさせんとしている。

冥界上杉軍《めいかいうえすぎ》の発動に備え、それを迎え撃つに足る怨霊《おんりょう》の軍勢を作りだそうとしていた。

「……その上で雲仙に壇を築く計画のようだ。あそこはたくさんの切支丹が処刑された場所でもあるから」

勝長と長秀も、合流したという。

「おまえにも来てほしい。そっちが片づいたらすぐに」

《え……ええ。それより体の具合はどう？》

「なんとか、な」

勝長からは容態が悪化していると聞いていたが、晴家の目の前にいる景虎は血色もよく、目にも力があり、想像していたよりもずっと元気そうだ。

晴家はすぐに気がついた。景虎の体に満ちる力が、彼自身のものではないことに。

「ああ。これは……」

景虎は経緯を語って聞かせた。晴家は驚いた。

《石太郎《いしたろう》のお母さん……松子《まつこ》さんが？》

「六王教《ろくおうきょう》の信者といえど、母親の立場からすれば尤もな話だ。この状態がどこまで保《も》つかはわからないが、動けるうちは全力で戦う」

桜の木のもとに腰掛け、景虎と晴家は埠頭を往き来するトラックを眺めながら語った。

奇妙丸《きみょうまる》とのやりとりや、鉄二が信長《のぶなが》に乗っ取られたまま姿を消したこと、今後のことも。
《石太郎の正体は、暗照大師《あんじょうだいし》？　どういうことなの》
「織田に封印を解かれた大師の霊体は、六王教が大峰山《おおみねさん》に築いた社《やしろ》に縛霊《ばくれい》されていたようだ。信者に口寄せして意志を伝えていたらしい。それを利用して織田から逃れるための策を打った」
《逃れるための？》
「催眠暗示だ」
景虎は自分の額《ひたい》を人差し指で指した。
「信者を暗示で取り込んで社から脱出し、自身は石鎚山《いしづちさん》にいた奇妙丸に換生《かんしょう》した」
《どうして奇妙丸に》
「自《みずか》ら霊脈の力を手に入れるためだったんだろう。彼は信長の所行をみて危機感を抱いていた。現代人を脅《おびや》かす危険な死者たちの存在に」
《危険な死者たち……》
景虎は考え込むような表情になった。自分もその「危険な死者たち」のひとりとみなされたのだ。
新橋《しんばし》の料亭で、信長と景虎を攻撃した謎の修行僧。
その正体は、暗照大師だった。
ふたりの前に現れたあの「謙信《けんしん》」は、石太郎だったのだ。

（義父上《ちちうえ》ではなかった）

悪夢を見ずに済んだという安堵《あんど》感が、景虎にはある。

あれは石太郎の……暗照大師の術だ。霊脈の力を一点に集めて分身を生む。分身を用いて敵を倒すという「分身鏡伐術《きょうばつ》」だ。しかも分身の姿は、術者本人を投影するわけではない。

相手が最も恐れているものを反映するという。相手の心を映す鏡。ゆえに「鏡伐術」だ。

「謙信」の姿で現れたということは、景虎自身が「最も恐れているもの」が「謙信」だったということになり、胸中複雑だったが、それはある意味、自らの投影なのだ。

敬愛しているが、同時に畏《おそ》れてもいる。その人に切り捨てられ、見捨てられることを恐れている。

そういう自らの心を突きつけられた。

《なら、信長は……誰を見たの？》

「わからない。だが、その直後に松川《まつかわ》神社を攻撃した」

景虎はあの時「謙信本人」だと思いこんでいたから、信長の報復が来ると判断した。実際に松川神社を吹き飛ばされたが、信長はあの時、何を見たのか。

《信長がこの世で一番恐れるものはもしかして……。だから私たちに報復を》

景虎の見立ても同じだ。信長は謙信が自ら降臨《こうりん》することを何より恐れているとしたら。

冥界上杉軍の発動に匹敵する脅威《きょうい》だと感じているなら。

〈謙信公はオレたちをまだ見捨てていない〉
「ともかく、闇《やみ》の弘法大師《こうぼうだいし》が信長の子に換生していたことは大きい。危険も伴《ともな》うが、やり方によっては弥勒《みろく》を生むまでもなく、信長を潰せるかもしれない」
《勝算ができたのね》
「わずかだがな。その石太郎を味方につけられたのは、他でもない晴家。おまえと色部《いろべ》さんのおかげだ」
景虎は表情を和《やわ》らげた。
「おまえたちが愛情をこめて保護した。その気持ちに嘘《うそ》がなかった。だから石太郎も信頼してくれたんだ」
《私たちは当たり前のことをしただけよ。それに》
晴家も思い出して微笑みを浮かべ、
《お世話は大変だったけど、本当に可愛《かわい》かったの。石太郎の笑顔や寝顔をみてると、心から癒《い》やされたわ。優しい気持ちになれたの。ぷくぷくのほっぺ、マシュマロみたいだったな》
「そうか……。道満丸《どうまんまる》を思い出すな」
景虎の、初生の時の子だ。おくるみに包まれた福々しい顔は雪よりも輝いてみえた。自分が守ってやらなくては、という思いが、父親としての初めの一歩だった。
《赤ちゃんて、不思議ね。ただそこにいるだけで周りの人の心が温かくなる。今から始まるも

のがもつ明るい力を感じているのでしょうね。手はかかるけど、愛《いと》しくて、笑ったりすると、こっちまで自然と笑顔になれたわ》

声を奪われて塞《ふさ》いでいた晴家も、いつのまにか、石太郎の存在に救われていたのだ。

「石太郎の中には、暗照大師の人格と赤子のままの人格、両方が棲《す》んでいたのかもしれない。彼らの助力を得られたのは大きい。今度こそ必ず信長を《調伏《ちょうぶく》》する」

《ええ》

船の汽笛《きてき》が聞こえた。貨物船が出港準備を始めている。港湾《こうわん》作業員がビットにつき、係留索《けいりゆうさく》をはずしている。

「ところで、直江と美奈子はどうしてる？」

景虎の言葉に、晴家は急に現実に戻された。

「会いに行ったんだろう？　元気にしていたか？」

《ふ、ふたりとも元気にしてるわ》

「そうか。今のうちに阿蘇を離れたほうがいい。できるだけ早く」

どうした？　と景虎が晴家の顔を覗《のぞ》き込んだ。様子がおかしいことに気づいたのだ。

「なにか、あったのか」

晴家はしばらく沈黙して、重い口を開いた。

《景虎……。雲仙には、私の代わりに直江を行かせて》

「なにを言い出す。美奈子の護衛は」
《私が美奈子ちゃんを守るわ。彼女をつれて、次の場所に行くわ》
景虎は「だめだ」とにべもなかった。
「おまえには織田の築壇場所を霊査《れいさ》する仕事がある」
《高坂《こうさか》もいるでしょ？　私でなくても》
「なにを言ってる。だめだ」
《美奈子ちゃんも同じ女である私といるほうが、気兼ねがなくて安心できると思うの》
「ただの護衛じゃない。相手は織田だぞ」
《守れるわ！》
「なんで突然そんなことを」
晴家は、重苦しい表情になってしまう。景虎は注意深く、その強《こわ》ばった顔を凝視した。
「なにかあったのか」
《………》
「直江に、何かあったのか？」
（言わないと）
晴家は追い詰められた表情で、自分に言い聞かせる。
（いま言わないと）

据《す》えた。

「答えないか。晴家」

異変の気配を察知した景虎が、問い詰める。晴家も決意したように拳《こぶし》を固め、真正面から見《み》据えた。

《あなたに伝えなければならないことがある》

晴家の悲壮《ひそう》なほど真剣な表情から、景虎は不穏な空気を読み取った。

「なにが……あった……。美奈子に何かあったのか」

《……景虎……》

「何があった！」

両腕を摑《つか》まれて、晴家は目をつぶった。天を仰《あお》ぎ、搾《しぼ》り出すように告げた。

《お願い。落ち着いて聞いて。景虎》

晴家のただならぬ様子を目の当《ま》たりにして、景虎は固唾《かたず》を呑《の》んだ。その口から発せられる言葉が自らに不吉なものをもたらすことを予感した。

晴家は押し殺した声で告げた。

《美奈子ちゃんは、おなかに子供を宿してる》

景虎は一瞬、惚《ほう》けたような顔をした。

「……なにを言ってる」

《………》

「美奈子が妊娠してるというのか……。そんな、はずは……」

景虎には身に覚えがない。

「……誰の、子だ」

《………》

「まさか、織田が……」

咄嗟《とっさ》にそう思ったのも無理からぬことだ。晴家も最初はそう疑った。彼らは戦巫女《いくさみこ》の産子《うぶこ》を必要としていた。だが、

《ちがうの！》

晴家は強く否定した。

《そうじゃない……信長は、関係ない》

「関係ない？　だったら、だれ……」

と言いかけた景虎は、ふいに、気づいた。

目を見開いたまま、固まってしまう。

晴家は唇《くちびる》を噛《か》みしめて、靴のつま先をじっと睨《にら》んでいる。

「……まさか……」

《………》

「……――……なのか」

口の中がカラカラに乾いて、まともに声にならなかった。それでも絞り出し、

「……なおえ……なのか」

ばかな、と思わず立ち上がった。その景虎の脳にあらぬ疑惑が頭をもたげるより早く、晴家が訴えた。

《勘違いしないで！　美奈子ちゃんは潔白よ。あの子には髪一筋ほどの罪もない！》

「……つまり……それは……」

晴家は言葉にするのもつらい。すがるような眼差しで景虎を見た。その目は充血し、涙がにじんでいる。

景虎は悟った。ごくり、と喉《のど》が動いた。

青ざめる景虎の前で、晴家は頰《ほお》に伝う涙も拭《ぬぐ》わず、堪えきれなくなったように叫んだ。

《わからないのよ！　どうしてこんなことになってしまったのか……！》

景虎は立ち尽くしている。

張り付いたような表情は、能面のようだ。

《直江はあんたのことが好きだったのよ！　なのになんでこんなことになるのか、全然わからないのよ！　直江はこんなひどいことをしでかす人間じゃなかったのに。あの子をよく思ってなかったとしても、こんなことになるのはおかしい……！》

晴家は嗚咽《おえつ》を殺している。景虎は放心したように立ち尽くしていたが、やがて目線が泳いで、

意味もなく、首を横に振り始めた。
「……直江が……美奈子を……」
《こんなことになるくらいなら、私が行けばよかった……っ》
晴家は悔やんでも悔やみきれない。
《あんたの反対なんか押し切って、あたしが美奈子ちゃんと逃げてればよかったのよ！》
「……どこだ……」
虚《うつ》ろな表情で、景虎は呟いた。
「……直江はいま、どこに」
《――景虎……？》
ふらり、と景虎は歩き出した。
《待って、景虎。どこに行く気？》
「会う」
《え……》
「会って、確かめる」
晴家は真っ青になった。景虎は視線をさまよわせる。ろくに焦点《しょうてん》も結んでおらず、幽鬼《ゆうき》めいた目つきは常軌《じょうき》を逸《いっ》していて、いま直江と会わせたら逆上して直江を殺してしまいかねない。
「あいつは……どこにいる……」

《……だめ……っ》

「直江は、どこだああああ！」

一瞬のうちに沸騰《ふっとう》した景虎は、目が血走り、鬼のような形相に変貌《へんぼう》した。憤怒《ふんぬ》が体中からほとばしり、火炎放射となって噴《ふ》き出しているのが目に見えるほどだ。

「直江はどこだ！　あいつはどこだ！」

《景虎、落ち着いて！》

「直江に会わせろ！　直江をオレの前に引きずり出せ、今すぐ連れてこい！　這《は》いずってでも連れてこい、直江をここにだ！　晴家――ッ！」

身も世もあらずといった体《てい》で帽子を振り落とし髪を振り乱し、取り乱して怒り狂い、暴れながらわめきちらす景虎を、晴家は体を張って必死に止めた。

《落ち着いて……お願いだから落ち着いてよう！》

「直江はどこだ！　直江……直江ええええ――っ！」

出港の汽笛が、景虎の叫びをかき消すように港いっぱいに鳴り響いた。

残響が消えていくのと、景虎からほとばしった絶叫が尽きるのが同時だった。景虎は肺を押さえて、座り込んでしまう。過呼吸になっている。

晴家は泣きながら介抱した。脱力して座り込んだ景虎は、再び放心状態に陥《おちい》った。

《……どうしてなの……なんで直江をあの子といかせたの……。聞きたいのはこっちよ、なん

で直江を追い詰めるようなことをしたの……》

「……しんじて……いたんだ……」

《そんなひとりよがりの信頼で、直江もあの子も、救えるはずなかったのよ……！》

景虎は背を丸めて、腕をだらりと下げて、抜け殻《がら》のようになってしまう。

貨物船が吐き出すディーゼル臭の強い排煙が、冬の太陽を隠していく。

どれだけそうしていただろう。

奥の桟橋《さんばし》のほうから、定期船が出港すると報せる、船員の声が響いた。景虎は鈍い瞳《ひとみ》のまま、のろのろと顔をあげ、時計を見た。

「……もう、いかないと」

船の切符を手に、景虎はよろめきながら、立ちあがった。

「また連絡する」

感情が麻痺《まひ》したかのように歩き出す。

晴家は、逆上しかけた景虎を押さえ込むだけで精一杯だった。景虎もまだ事態を受け止めきれないのだろう。乗船口に向かう足取りはおぼつかない。

その後ろ姿を、晴家は追うこともできなかった。

――……みなこちゃんは……うむつもりよ。

出ないはずの声だった。必死に口を動かした。

——直江の子を、うむつもりよ。

——あんたを、うむつもりよ。

景虎には届かない。その姿は乗船口に消えていく。

島原に向かう定期船は、桟橋を離れていく。消耗《しょうもう》しきった晴家はそれ以上伝えることができなかった。

(今度はあんたが向き合う番よ)

もう逃げることは許されない。

景虎は、渦中《かちゅう》に飲み込まれた。ここからが本当の地獄《じごく》なのだ。


海の向こうには対岸の雲仙普賢岳《ふげんだけ》の稜線《りょうせん》が望める。景虎を乗せた定期船は去り、船影すら見えなくなった頃、晴家はようやく立ちあがった。

(阿蘇に帰ろう。美奈子ちゃんが待ってる……)

駐車場に戻った時だった。

晴家の車のそばに、人影がある。

(誰！)

晴家は身構えた。

そこから出てきたのは、少年だ。まだ十代半《なか》ば頃とみえる。とっくりセーターに赤いジャンパーを着込んでいて、まるで盛り場の不良少年のようだ。

（鉄二……くん？）

間違いない。そこにいたのは、高屋敷《たかやしき》鉄二だったのだ。

（こんなところで、何を）

「やっとみつけた」

ドキリ、とした。晴家は思わず後ずさった。鉄二の額に光る、赤い種に気づいたのだ。まるで第三の目のように、ギラギラと輝いている。それがなんであるのかを、いまの晴家は、もう理解している。

（……まさか、これは……っ）

「このわしを待たせすぎたな。マリー」

鉄二は嗤《わら》った。その嗤い方に見覚えがあった。

「いい加減に答えは出たはずだ。今日まで景虎の魂を砕かずにおいてやった。聞かせてもらおうか。おまえの答えを」

晴家はすぐに体中に《力》《りょく》を満たした。最大限の攻撃態勢をとって、対峙《たいじ》する。だが、鉄二はそれを恐れてもいないのか、不敵な笑みを消そうとはしなかった。

「どうした。声は奪ったが、おまえには思念波という声があろう。なんとか申してみてはどうだ」

周囲から強い霊気を感じ、晴家は四方を警戒した。地面から水でも湧き上がるように、怨霊たちが次々と出現する。あっという間に囲まれ、一斉に襲《おそ》いかかってきた。

声を発することができない晴家は、《調伏》もままならない。だが、《調伏》の代わりとなる札を所持している。それを指に挟んで高々と掲《かか》げ、毘沙門天《びしゃもんてん》の印を結んだ。

〝𑖪𑖹《バイ》〟！

怨霊たちが次々と霊火《れいか》に触れて燃え上がる。正当な《調伏》ではないが、怨霊の力を燃やして削《そ》ぐ火燃法と呼ばれる術だった。

「しぶといな、柿崎《かきざき》晴家！」

鉄二が撃ち放った念を、晴家は《護身波《ごしんは》》で跳ね返し、渾身《こんしん》の力で反撃する。だが、鉄二は指一本で跳ね返した。

「わしのもとへはどうしても来ぬか。強情な女め。ならば、貴様から砕いてやろうか、柿崎晴家！」

鉄二の手に火球が生まれ、急速に膨れあがっていく。晴家は息を呑んだ。

――信長は『魔王の種』を植えた分身からでも《破魂波》を撃てる。

景虎の言葉を思い出したのだ。猛烈なエネルギーを宿す光の球は、まるで小さな恒星《こうせい》のように凄《すさ》まじい速さで自転している。それはまさに鉄二の――いや信長の掌《てのひら》に生じた太陽だった。

圧倒されて、身動きがとれない。

晴家の視界いっぱいに光が浸食してくる。

それが頂点に達したと思った時――。

晴家の意識が爆《は》ぜて、一瞬のうちにブラックアウトした。

（景虎……！）

＊

風もない穏やかな日だった。

阿蘇は最も寒い季節だったが、季節は確実に春へと移りつつあるのだろう。差し込んだ日差しに、温《ぬく》もりを感じる。

晴家が「用事」で阿蘇を離れることになり、美奈子の護衛につくため、直江が数日ぶりに山荘に戻ってきた。

美奈子はいつにもまして穏やかだった。編み物をしているが、根を詰めるというのでもなく、微笑みなど浮かべながら編み棒を動かしている。

直江の子を産む、と決めてから、美奈子は落ち着きを取り戻した。直江に対して、まるで存在しないかのように視界にもいれなかった頃から比べると、大きな変化だ。

（ショックのあまり、俺がしたことを忘れてしまったのだろうか）

思わず疑うほどだ。

直江とも分け隔《へだ》てなく言葉を交わすようになったので、余計にだ。

「少し歩きませんか」

珍しく美奈子のほうから声をかけてくる。

「今日は暖かいので、久しぶりに歩いて体を動かしたいのです」

「ええ……。もちろん」

ふたりは森を歩き始めた。まだまだ冬枯れしているが、それでも木によっては新芽が出始めているものもある。美奈子はそれを見つめ、

「春が近いのですね」

と言った。

直江はあくまで「護衛」として付き添い、半歩後ろを歩いている。いくら美奈子の態度が軟化したとはいえ、とても肩を並べる気にはなれない。

やってきたのは柳楽《やぎら》が「見晴らし」と呼んでいるささやかな高台だった。阿蘇の北外輪山《きたがいりんざん》が遠く望める。切り立った壁のような外輪山は、グランドキャニオンを思わせる。

眼下には田んぼが広がっている。ずっと屋内に潜伏していた身には、とりわけ、解放感があったのだろう。天使のはしごと呼ばれる光線が雲間から差し込み、田園を照らしだしている。どこか荘厳《そうごん》な気持ちにさせられる景色だ。

美奈子は、岩に腰掛けて、見つめている。

何時間もはいられないので、スケッチブックは持ってこなかった。が、帰ったら描けるよう、目に焼きつけているのだろう。

美奈子は、天使のはしごに照らされた集落の暮らしに思いを馳《は》せている。

彼女の沈黙は、決して重いものではない。その証拠に表情は穏やかだ。だが、直江には自分が責められている時間のように感じられる。

ふと美奈子が「直江さん」と呼びかけた。

直江はぎくりとした。美奈子は「笠原《かさはら》」でなく「直江」と呼んだ。そんなふうに呼ぶのは、初めてのことだったからだ。

「あなたにひとつ、頼みたいことがあるのです」

「頼み事……とは」

「あのひとを、私のおなかの子に換生させてください」

直江は息を止めた。美奈子は前を向いたまま、

「あなたには、他者を換生させる力があるのですよね。あのひとが息を引き取るその時。あなたはその力で、あのひとの魂を、この子に換生させてください」

「………」

「お願いできますか」

否、とはいえない。

それに応じることは、ただひとつの償《つぐな》いだ。できない、とは直江には言えなかった。

はい、と短く答えた。

「よかった」

美奈子は心の底から安堵したようだった。

美奈子は母になる。腹を痛めて景虎を産み、景虎に乳を与え、その成長に寄り添い、包み込む……。そんな未来が待っていると思うことで、美奈子の心はすでに救われている。

「あなたはほんとうに、それで……」

いいのですか、と直江は問いたかった。

自分が問える立場にはないと承知で、それでも確かめたかった。女として愛することと、母として愛することはちがう。それを成就と呼べるのかと。

すると、言葉には出さなかったそれらの疑問に答えるように、美奈子は言った。

「私は幸せです……。女として母として、二度もあのひとを愛せるのならば、それに勝《まさ》る幸せがあるでしょうか」

「美奈子さん」

「頼みましたよ……」

直江の心にいままた呵責《かしやく》がのしかかり、言葉もなくうつむいてしまう。何かに耐えている気配が、背を向けていた美奈子にも伝わったのだろう。

長い沈黙のあとで、美奈子は言った。

「……あなたの気持ちは、もう充分、伝わりましたよ」

「美奈子……」

「あなたが、あのひとをずっと愛していることも」

大地に降り注ぐレンブラント光線を見つめている美奈子の、すっとのびた背筋には、目の前にある何もかもを受け入れたという彼女の心を映しだしているように見えた。癖《くせ》のない長い髪に夕陽《ゆうひ》が反射して、きれいな艶《つや》の環《わ》ができている。

光輪を頭に頂いた観音《かんのん》像を、思い出させる。

「……あなたの望みは……いつか、かなう」

美奈子は静かに告げた。

「信じていて……」

直江は何も言えなかった。

誰よりも傷ついているのは美奈子自身だろうに、直江の罪深さまでも包み込もうとするような、この魂の深さはいったいどこから生まれてくるのだろうか。

美奈子の魂に抱きしめられているような気がした。

直江はただ奥歯を噛みしめて涙を流すこともできず、立ち尽くしていることしかできない。

風が出てきた。

陽は西に沈みつつあり、いつしか雲も厚くなり、低気圧の接近を知らせている。

「……雪が、ふりますね」

美奈子には「におい」でわかるという。

「今夜は、積もるかしら……」

天使のはしごはいつしか薄く大気に溶け、阿蘇の大地も溶暗《ようあん》していく。

美奈子の言葉通り、小さな雪が、ちら、と肩にふりかかった。


ふたりが山荘に戻ってきたのは、もう辺りも暗くなった頃だった。足下もよく見えなくなってきたので、直江が手にした懐中電灯でかろうじて美奈子の足下を照らしていた。

気温も急速に下がってきた。

「大丈夫ですか……」

「はい」

寒そうにしている美奈子を案じて、直江は自分の上着を脱ぎ、美奈子の肩にかけてやった。

美奈子は遠慮したが、直江は首を横に振り、いたわるようにボタンをしめてやった。

異変に気づいたのは、山荘が見えてきた頃だった。

直江は反射的に懐中電灯を消した。

「……美奈子さん、明かりをつけてきましたか」

「いえ。マリーさんが帰ってきたのでは」

いや、と直江は鋭く言った。カーテンも閉めずに明かりをつけることは、ありえない。潜伏中はできるだけ目立たないよう、夜も最低限の明かりしか灯《とも》さなかった。灯火《とうか》管制下にでもあるように、暖炉《だんろ》の火明かりを頼りにして、部屋ではランプの明かりを最低限、灯した。

その山荘が、明るい。たくさんの明かりが家の中をさまようように動いている。

異常事態だ。

「こちらへ」

直江は山荘には近づかず、美奈子を木陰《こかげ》へと押しやった。

「誰かが家捜しにきてる。それも複数」

「なんですって」

「見つかった」

直江は瞬時に察した。あれは織田の追っ手だ。

「逃げましょう」

「逃げる？　どこへ」

「わかりません。でも、もうここにはいられない」

行きましょう、と直江が美奈子の手を引いた、その時だった。

大きな爆発音があがった。それはふたりの山荘ではなく、少し離れた柳楽の家からあがったもののようだった。暗い森の向こうに火柱があがった。明々と燃え上がる炎が、ふたりの横顔を照らした。

「柳楽さん……！」

美奈子は悲鳴をあげ、すぐに引き返そうとしたが、直江がその手を引き留めた。

「いけません、美奈子さん！」

「でも柳楽さんが……柳楽さんの家が！　助けに行かないと！」

「駄目です！　逃げるんです！」

抵抗する美奈子の腕を強引に引き、直江は闇の森を走り出す。美奈子は混乱して柳楽の身をしきりに案じていたが、もうここには一瞬たりとも留まっていられなかった。

車の通れない小道を下り、沢の近くまでおりたところで、再び爆発音があがった。

今度は山荘だった。ふたりが数カ月を過ごした山荘が、破壊されたのだ。

めらめらとあがる炎が、山林の木々のシルエットをくっきりと浮かび上がらせる。

これでもう本当に、戻ることはできなくなった。追っ手はすでに捜索の手を伸ばしていることだろう。

「逃げるんです、美奈子さん！」

直江はその手を強く握り、再び走り出した。

闇の森を無心で走り続けた。

＊

雲仙での戦いは想定以上に過酷なものとなった。

地獄と呼ばれる噴気孔《ふんきこう》群からは、火山ガスがいくつも噴き上がっている。一面、白い岩肌が剝《む》き出しになっていて色彩がない。硫黄《いおう》臭の立ちこめる中での戦闘だ。かつてここは切支丹の処刑場だった。原城の怨霊を目覚めさせるための起爆剤として、ここで死んだ地縛霊《じばくれい》を利用しようと企図《きと》したのだ。織田の火力は異常に高かった。

数で圧してくる敵に、景虎たちは苦戦を強《し》いられた。

「おい、なにしてんだ景虎！　集中しろ！」

長秀の怒声が飛んだ。念の猛攻に耐えていた長秀の目には、景虎の攻撃が散漫に映った。外縛《げばく》するべき標的を撃ち漏《も》らす、判断が遅い、反応が鈍い。

《護身波》で受け損なった景虎を、長秀がかばう始末だ。

「なにちんたらやってんだ！　死にてえのか！」

「来るぞ、景虎、長秀！」

勝長の声にふたりも反応した。雲仙地獄と呼ばれるかつての磔刑場《たっけいじょう》に現れたのは、ここで拷《ごう》問《もん》されて殺されたキリスト教宣教師や信徒たちの怨霊だ。

「切支丹か。《調伏》きかねえパターンじゃねーだろな」

「宗旨《しゅうし》の違いは関係ない。だが、迫害した異教徒とみなされる。抵抗がきつくなるぞ」

「それが織田の狙《ねら》い目なんだろうよ。片づけるぜ！　……〝𑖪𑖺《バイ》〟！」

だが外縛は弾かれた。切支丹の怨霊が襲いかかってくる。《力》がぶつかるごとに強い異種力反発が起こる。さすがの夜叉衆も防ぐので精一杯だ。

織田の霊たちは切支丹霊を盾にして攻撃してくる。切支丹霊をまず討たなければ駄目だ。追い込まれるにつれて景虎の目つきも変わってきた。

「勝長殿、長秀、護身波を保持しろ」

「どうする気だ」

「外縛を弾くなら斬りかかるのみだ」

言うや否や、景虎は毘沙門天の印を結んで真言《しんごん》を繰り返し唱《とな》え始めた。「オン・ベイシラマンダヤ・ソワカ」と繰り返し唱えるごとに手に力が集まってくる。長秀は景虎がやろうとしていることに気づいた。

「その手があったか……ッ」

「南無刀八毘沙門天《なむとばつびしゃもんてん》！　悪鬼征伐《あっきせいばつ》、我に降魔《ごうま》の剣を授けよ！」

景虎の印が一閃《いっせん》して金色に輝く鋼《はがね》の塊《かたまり》が生じる。それは次の瞬間一筋に伸びて、一振りの刀剣となった。毘沙門刀《びしやもんとう》だ。

「援護しろ！」

景虎が叫ぶと同時に、勝長と長秀が反撃に転じる。息もつかせぬ速射《そくしや》だ。機関銃のごとき念攻撃を畳《たた》みかけている間に、景虎が地を蹴《け》って飛び出した。

毘沙門刀は《調伏力》を凝縮保持する特殊な法力具《ほうりき》だ。大将だけが扱える刀で、これに斬られた霊はその時点で《調伏》される。外縛を寄せつけず《裂炸《れつさ》調伏》では重すぎて消せない霊相手でも、仕留めることができた。

長秀たちの攻撃を受けて怯《ひる》んだ切支丹霊に、景虎が斬りかかる。腰だめに構え、体当たりするように刺し貫《つらぬ》く。超接近戦だ。身を挺《てい》した《調伏》だ。だが効果は群を抜く。

毘沙門刀をくらった霊は炎を噴き上げて《調伏》されていく。

景虎は咆哮《ほうこう》をあげ、二体目、三体目と立て続けに斬り伏せた。

これには勝長と長秀も目を剝いた。

「いつもの毘沙門刀じゃない……っ。なんだあの青い炎は」

「降三世明王《ごうざんぜみようおう》の力つき、か……。やべえな」

長秀もゴクリとつばをのんだ。戦巫女・松子が持ち込んだ明王の力だ。景虎の中で沸騰して、リミッターが外れたかのように目は血走り、鬼のように切支丹霊たちを斬り伏せていく。

「勝長殿、長秀！　いまだ、《調伏》を！」

ふたりはすかさず印を結んで織田の霊たちを外縛する。

「我に御力与えたまえ！　……《調伏》！」

景虎の単身斬り込みが、戦況を打開した。

どうにか織田を撤退させることはできたが、その後も景虎の様子がおかしい。

*

その日は、雲仙に留まり、野営となった。

寒気がおりてきて、時折、雪もちらつき始めた。雲仙温泉の近くにあるカトリック教会の階段で、景虎は勝長を待っていた。教会はすでに閉まっていて中には入れない。

話がある、と勝長を呼び出したのは、夕食の後だった。

「どうした？　何かあったのか。ろくにメシも喰《く》わないで」

「………。色部さんに話しておかなければならないことがあります」

階段に座り込んだ景虎は、ハンチング帽を目深にかぶり、うつむいたまま、勝長の目を見ようとしない。勝長はそれが良い報せではないことを察した。

「晴家から何を聞いた。なにが起きた」

「美奈子のことです」

感情をこめず、景虎は言った。その硬い口調から、勝長はただならぬ気配を察知した。

「美奈子に、なにがあった」

冷たい風にもみの木がざわめく。景虎は三角港で晴家から聞いたことを、包み隠さず打ち明けた。

勝長はしばらく絶句していた。美奈子妊娠の報せは、青天の霹靂《へきれき》だった。

「……直江の子なのか。本当に」

「ええ」

景虎の目元は帽子のつばで隠されていて、今どんな表情をしているのか、窺《うかが》い知ることができない。ただその乾いた唇が淡々《たんたん》と動いて、言葉を紡《つむ》いだ。

「……本人たちが認めているというから、そうなんでしょう」

「なんでそんなことに……」

勝長も言葉を失っている。その時だ。階段の裏手から、奇妙な笑い声が聞こえた。

長秀だった。低い笑い声は、やがて哄笑《こうしょう》になった。

「長秀……ッ」

「だから言ったんだ！　このままじゃ済まない、きっと何かをやらかすってなあ。てめえが優等生面《ヅラ》で甘ったれたことほざいているうちに、みろ！　見事に女を寝取られやがった！　はは、これが現実ってやつなんだよ。年頃の女が男と何カ月もひとつ屋根の下に閉じこもって何も起こらねえわけがねえだろ。信じた家来に女預けた挙げ句、見事に浮気されたなんて、……ありがちすぎてかっこつかねえなあ、大将！」

「……。美奈子が受け容れたのだったら、まだよかった」

長秀がふいに真顔になった。景虎は無感情だ。勝長も察し、

「合意ではなかったのか。もしや――無理矢理」

「………」

さすがの長秀も顔を覆《おお》った。勝長は思わず壁を拳で叩《たた》いた。

「なんてことを……」

「………」

「美奈子くんの妊娠は強姦《ごうかん》だったのか！　直江が彼女に暴行を働いたと！」

ええ、と景虎は乾いた声で答えた。

「……晴家によれば、直江も罪を認めたと」

「直江も斜め上をいきやがる。とうとう身内から犯罪者を出しちまった……」

長秀は情けなさそうに嗤ったあとで、景虎の胸ぐらをつかみあげた。

「澄《す》ましてないでなんとか言ってみたらどうなんだよ、えっ！　主君の女を織田に売るどころか、犯した上に孕《はら》ませるとはなあ！　どんだけてめえに恨みがあんだよ、ヤツはよう」

景虎は反論しない。

勝長も沈痛な面持ちで、顔を伏せている。

「……。直江に会って直接、話を聞いてこようかと。彼女の護衛は、別の人間に」

「こいつはみんな、てめえへの面当てだ。景虎」

「直江の処遇は。まさか切るつもりか」

勝長が冷静に問いかけた。景虎は首を振り、

「いまは戦力を削げない時ですから」

「美奈子くんの心の傷が心配だ。彼女のケアを最優先に」

「すべて私の責任です」

景虎は長秀の腕をほどいた。

「私の判断が、間違っていました。生涯かけて償います」

それだけ言い残すと、景虎は歩き出していく。

勝長も長秀も、見送ることしかできない。勝長は重苦しくうなだれ、長秀はやるせない思いをぶつけるように、足下の石を拾い上げて、教会の壁に投げつけた。

「なにやってんだよ、直江の馬鹿《ばか》野郎が！」

「………。晴家が景虎に打ち明けたということは、美奈子くんは産むつもりなのかもしれん」

は？　と苛立《いらだ》たしげに長秀が言い返した。

「なに言ってんだ、とっつぁん。産めるわきゃねーだろ」

「堕胎《だたい》を選ぶなら、あの晴家が景虎にわざわざ事実を告げるとも思えない。美奈子くんもおそらく自分の胸にしまいこんで墓場までもっていくはずだからだ」

それでも告げなければならなかった理由が、あるとしたら……。

「……美奈子くんは、直江の子を産むつもりかもしれない」

長秀は、ますます惚けた顔になり、引きつった笑いを浮かべた。

「意味わかんねえ……。なんなんだそれ。中絶禁止の信条でもあんならともかく、強姦した男の子供なんか忌《い》まわしいだけだろ。ほだされでもしたのかよ。直江も直江だ。なんでとめねえ！　いくら美奈子に惚《ほ》れてるからって……ッ」

「……。ちがう、長秀」

勝長は冷静に告げた。

「直江が愛しているのは、美奈子くんじゃない」

「……。どういう、ことだ……」

「いいか、長秀。直江はな、景虎を奪った美奈子くんのことが許せなかったんだ。直江は彼女に嫉妬《しっと》していた。景虎の心を奪う美奈子くんを」

長秀はうまくのみこめず、怪訝そうな顔をしていたが、ふいに思い当たることを見つけたのだろう。途端に不可解だったことにすべて説明がついた。すべてが繋《つな》がった。

愕然《がくぜん》として、立ち尽くした。

「……それじゃ、あいつは……」

＊

動揺は深い怒りへと変わり、いつまでも景虎の体を焼き続けた。

真夜中の道路をあてもなく歩き続け、いつしか、雲仙地獄へと戻ってきていた。

白い岩肌が剝き出しになった一帯は、夜になってもそこだけ明るく感じる。黄味がかった噴気孔は、絶えずシューシューと音をあげて、火山ガスを噴いている。

山の上は冷え込みも強かったが、地熱があるためか、ここではあまり寒さを感じない。ちらついていた雪も、地面に触れる前に溶けていく。

目の前の光景は、まるで景虎の心情そのままだった。

草木も生えず、有毒ガスを噴き続ける岩肌は、色彩すらない。

薄い地面の下には、苛烈《かれつ》なマグマがグツグツ煮立っている。それは景虎の怒りそのものだった。

(なんてことを……っ)

景虎は誰もいない地獄の真ん中で、拳を固めた。

体中に渦《うず》巻いていた感情を吐き出すように、絶叫した。

直江が美奈子を陵辱《りょうじょく》した。

(なんてこと！　直江)

こんな形で裏切られるとは思わなかった。よりによって、こんな形で。

怒りは収まらない。沸騰する感情を抑《おさ》え込んでおけず、岩を殴り続ける。拳が割れてもやめない。岩は血で染まった。

(許さない、直江)

美奈子の恐怖が理解できる。その心に負ったであろう傷の深さも。その衝撃も。痛いほど。

自分自身がかつて同じ目に遭ったからだ。景虎自身の傷痕《きずあと》が生々しく悲鳴をあげている。

初生の頃だ。まだ小田原《おだわら》にいた頃、家臣の男たちに強姦された。性欲のはけ口にされて人間であることを剝奪《はくだつ》された。自分自身が性暴力に晒《さら》された人間だからだ。

(同じことを、美奈子にしたのか、おまえが……！)

思い出すだけでも震える。怖気《おぞけ》が走る。あの優しい美奈子が、あの時の自分と同じ目に遭ったのか。あんな無残な目に遭わされたのか。なんてむごい。むごいことを。

(怖かったろう、美奈子)

夜、眠るのも怖いはずだ。何度も悪夢を見ているだろう。今すぐ彼女のもとに飛んでいきたい。飛んでいって、その傷ついた身と心を抱きしめてやりたい。直江への怒りが収まらない。

守るべき相手を暴力で組み伏せて汚した。尊厳などないもののように扱った。欲望を満たすために。おまえが憎い。嫌悪しかない。もう侮蔑《ぶべつ》しかできない。ケダモノになり果てたのだ。おまえは。卑劣《ひれつ》な人間の最たるものだ。

(そんなに美奈子が欲しかったのか。美奈子の心を踏みにじってまで抱きたかったのか)

(それがおまえの本心か)

――あんたがあいつを追い詰めたのよ。

ちがう、と反駁《はんばく》する。

――これは直江からの報復だ。

――おまえがあいつをそう仕向けたんだ。

「ちがうちがうちがう!」

激しくかぶりを振って、誰もいない白い地獄でなりふり構わず絶叫する。

「誰よりも信じていたんだ!」

無味乾燥な岩盤に反響する。わめきちらしていなければ、噴気音に責め立てられて気が変になりそうだった。

「おまえを信じていたのに!」

――被害者ぶるな。

ぎくり、とした。

背後の噴気孔に人影を感じた。そこにいたのは、人間ではない。

景虎自身の分身だ。

——もうやめろ。怒りでごまかすのは。

「なんのことだ」

——とっくに気づいてるくせに。

反対側の噴気孔から、また別の分身が現れた。

——おまえ自身のどす黒さ、とうに気づいているくせに。

——本当の卑劣漢は、誰だ。

——おまえはあの時、あの瞬間、真っ先に何を思った。

衝撃のあとに生まれた感情は、怒りなんかじゃなかったはずだ。晴家から、その事実を聞いた次の瞬間におまえの胸に広がった感情は。

あの瞬間、真っ先に浮かんだ感情は。


〝手に入れた〟

震えるような達成感が体中を貫いた。

〝これで完全に、あの男を手に入れた〟

突然、あたりが静まりかえった。

分身たちの幻《まぼろし》は失《う》せ、味気ない噴気音だけが白い岩場に響いている。

景虎は立ち尽くしている。

（怒りじゃない……）

怒りでなく歓喜だったのだ。

心の底に暗渠《あんきょ》のごとく横たわる忌まわしい望みが、満たされたと感じた。

決して望んではならぬ欲望が、悪魔のように満たされた。

直江を縛る鎖《くさり》が完成したと感じた。直江は取り返しのつかない罪を犯し、烙印《らくいん》がその心臓《しんぞう》に焼きついた。自分への愛が罪を犯させた。それは恐るべきことだ。悪魔の証明だった。景虎を求めるあまりに犯した罪だ。

この自分を求めた果てに。

心のどこかで、自分はこうなることを計算していたのではなかったか。

未必の故意というやつだ。

直江に美奈子を守らせて、ふたりきりにさせたのも、ここまで追い詰めるためだったのではなかったか。いつか直江が限界を超え、暴挙に出ることを無意識に待っていたのではないのか。

罪の手錠《てじょう》をかけられたものは、二度と離れることができない。呵責という名の鎖で繋がれた直江は、いま完全に自分のものになったのだ。

景虎は目の前が暗くなった。

(最悪なのは、誰だ)

直江じゃない。この自分ではないか。

あの一瞬の歓喜を、誰が知らずとも、この自分が知っている。

これを絶望と呼ぶのだ。


景虎は力尽きたように、地獄の真ん中で座り込む。

磔刑の地だ。

拷問の果てに息絶えた殉教者《じゅんきょうしゃ》たちは、輝かしく昇天《しょうてん》したはずだったが、そうなれない者は怨霊になった。その心にあったのは、信仰《しんこう》に死んでも報われない自分だ。助けず応《こた》えないものへの恨みだったのではないか。

その苦しみに満たされているのは、誰だ。

心の暗渠が広がり、闇に飲まれる。

本当の地獄はここから始まったのだ。

第四章　罪と硫酸

天候は急変した。

山の天気は変わりやすいというが、まさにそのとおりだった。あっという間に気温が下がり、雪が降り始めた。降雪は激しくなり、夜の山中は真っ白になっていく。

雪が木々の枝や幹に張り付くようになると、いくらか辺りが明るくなってきた。夜の山林を雪の白さだけを頼りに、直江《なおえ》と美奈子《みなこ》は歩き続ける。

道とも呼べない獣道《けものみち》だ。

美奈子の足下はズックだ。ヒールでないだけマシだったが、布製の靴はもう雪でびしょ濡《ぬ》れになっていた。まともな防寒着も山荘においてきてしまった。その山荘も火に包まれた。

直江は美奈子の手を引いて、藪《やぶ》をかきわける。

もう何時間、歩き続けているだろう。

息を弾ませ、美奈子はついてくるが、女の足ではそれも限度がある。気丈《きじょう》な美奈子だが、なにぶんにも身重の体だ。

疲労困憊《こんぱい》になり、足がもつれ、とうとう転んでしまった。

「大丈夫ですか」

「はい……。すみません」

「急いで」

振り返ると、遠くのほうで追っ手のもつ光がサーチライトのように降りしきる雪を照らしている。追っ手は着々とこちらに迫っている。

「ふもとに集落があります。そこで車を借りましょう」

「まだずっと先では」

「ええ、でも戻るよりはマシです」

背負ったほうが早いと思ったが、美奈子は自分の足で行けると言う。自分のために直江の体力を奪いたくないのだろう。こんな時、根性が据《す》わっている。ちょっとやそっとでは弱音も吐かない美奈子だが、それでも寒さは体力を奪っていく。

雪はどんどん激しくなっていく。

(ここで捕まるわけにはいかない)

直江は必死だった。なんとしてでも逃げ切らなければ。

「道だわ！」

林道に出た。このまま、まっすぐおりれば集落だ。すでに雪は道路にだいぶ積もっている。

踏み出すと、くるぶしどころか、ふくらはぎまで埋まった。

天候は荒れ、吹雪《ふぶき》になってきた。横殴りの雪が視界を遮《さえぎ》り、いくら歩いても集落にたどり着ける気がしない。

そうするうちに美奈子の足取りが鈍くなってきた。寒さのあまり低体温症に陥《おちい》りかけている。歩き出してから、もう五時間は経《た》つ。

気温は氷点下で、厚手のコートでもなければ数分もいられないほどだ。青白い顔で震えていて、このままではいずれ立ち往生してしまう。

「背負いましょう。私の背に」

「大丈夫です」

「このままでは行き倒れてしまいます。体の温《ぬく》もりで少しでも暖《だん》を」

美奈子は直江の体に触れるのをあからさまに躊躇《ちゅうちょ》した。だが、強がりも続けられなかったのだろう。美奈子は直江の背におぶさり、直江は積雪の道を歩き出す。

空腹も手伝って体が凍《こご》えそうだったが、体温をあげるためにも必死に歩き続ける。

道の両脇に牧柵《ぼくさく》が現れた。牧場がある。

「家だ」

サイロがみえる。牛舎とおぼしき建物のそばに軽トラックが止まっている。

「あの車を使いましょう」

「使うってどうやって」

「念でなんとかします」

どうにかサイロのそばまでたどり着いた。

軽トラックのドアはロックがかかっている。念動力でこじあけようとしていた時だった。

「そげんとこで、なんばしとっと」

牛舎の向こうから人影が現れた。キャップをかぶった年配の男だ。牧場の主のようだ。

まずい、と思ったが、取り繕《つくろ》えない。この有様は自動車泥棒だ。

「泥棒しよっとか」

直江も美奈子も、髪は雪で白くなり、青白い顔をして、まるで遭難者だ。

「すみません。雪の中、道に迷って難儀しています」

「地元のもんじゃなかかね」

「はい。友人が寒さで凍傷《とうしょう》になりかけているので病院につれていきたいのです。車を貸してくれませんか」

「こん雪じゃチェーンばはかんと、とても走れんたい」

「手伝います」

牧場主は、隣でガタガタ震えている美奈子を見て、危険だと思ったのだろう。

「こげんとこじゃ凍死すっと。こっちはよかけん、家ん中入っときんしゃい。ストーブのあるけん、暖ばとっとるとよか。そん間にチェーンはかせとくけん」

ひとに頼るのには躊躇したが、このままでは確かに美奈子は凍えて動けなくなる。直江は
「すみません」と言って美奈子を母屋《おもや》へとつれていった。

部屋に入ると暖気が体を包み込む。美奈子はストーブの前でやっと人心地ついた。あとから牧場主も戻ってきた。

「こりゃあ、唇《くちびる》まで紫色じゃなかか。いま、豚汁《とんじる》ば温めてきちゃるけん」

のんびりしていられる時間はないが、美奈子にこれ以上無理はさせられない。ここに留まって雪がやむまで体力温存するか。あわよくば匿《かくま》ってもらうか。

(だめだ。これ以上、無関係のひとは巻き込めない)

「行きましょう」

と直江は美奈子を促《うなが》した。玄関先に置かれた車の鍵《かぎ》を握り、礼もせずに外に出る。

吹雪はますます強くなってくる。強くなればなるほど足跡を隠してくれるが、積雪がこれ以上になると、今度は車も出せなくなる。足止めされる前に離れ、できるだけ距離を稼ぐのだ。

直江は軽トラの助手席に美奈子を乗せ、持ち主には無断で走り出した。

チェーンを履《は》いた車は、お世辞にも乗り心地はよくない。スピードも出せない。エンジンが充分暖まっていないので回転数があがらない。

(駄目《だめ》なら他の車に乗り換えるまでだ)

とにかくここを離れるのだ。少しでも遠くへ。

気持ちは焦る。なんとか国道まで出よう。

助手席では美奈子が震えている。

とにかく少しでも遠くへ、そう思ってアクセルを踏み続けた。

ふとその先の交差点に、数台の車が停《と》まっているのが見えた。立ち往生しているようだ。警察官が出て何か指示している。

直江は窓ハンドルをまわして、窓を開けた。

「何があったんです！」

「この先の道が雪で通行止めになりました。迂回路《うかいろ》を案内します」

足止めを食っている場合ではない。直江は指示された脇道に車を向けた。フロントガラスには次々と雪が張り付いてくる。ワイパーをフルで動かしても払いきれない。吹雪が行く手の視界を奪っていく。

「待って。だめ」

突然、美奈子が鋭い声を発した。

「どうした」

「この先に行っては駄目！」

そうこうする間に完全にホワイトアウトした。と、その時だ。

エンジンが止まった。雪道の真ん中で、車は再び立ち往生した。いくらエンジンをかけても反応しない。直江は苛立《いらだ》ち気味にハンドルを叩《たた》き、素早く次の行動に出た。

「おりましょう。国道まで歩きます」

「待って、何かがおかしい」

「え」

「外に出て！」

と言うや否《いな》や、突き飛ばすようにドアを開けた。体が反応するのと、フロントガラスいっぱいに閃光《せんこう》が走るのが同時だった。どおん、という破壊音とともにボンネットが開いた。美奈子と直江は外に転がり出た。

「美奈子さん！」

雪の上にうずくまった美奈子に直江が駆け寄る。次の瞬間、軽トラが火柱をあげた。直江は美奈子に覆《おお》い被さって、かばった。間一髪だ。

めらめらと燃え上がる炎が、辺りを照らしあげた。その先に人の気配を感じた。

「……乱暴にはするなと申しておりましょう。玄蕃《げんば》殿」

その取り澄《す》ました声に聞き覚えがあった。振り返った直江は、炎の向こう側に立つコート姿の男に気がついて息を呑《の》んだ。

「森《もり》……蘭丸《らんまる》……っ」

「捜しましたよ。直江殿」

森蘭丸が浮かべた薄笑いを、炎は不気味に照らし出している。そのそばにいるのは、佐久間《さくま》盛政《もりまさ》だ。直江は面識がなかったが、景虎《かげとら》や晴家《はるいえ》がいたならば、すぐにわかったはずだ。

直江は美奈子を背中にかばって、身構えた。

「なぜ、ここがわかった」

「どこに隠れようが神の眼からは逃れられん」

蘭丸は誇らしげに言い放った。

「この御方の、眼からは」

「……この、御方……？」

蘭丸が恭《うやうや》しく道を開けると、その後ろから進み出た者がいる。直江は目を疑った。

「鉄二《てつじ》！　おまえ、なぜ……っ」

「この広い阿蘇《あそ》からネズミ二匹見つけるのは、なかなかに難儀な作業であった」

口調がおかしい。鉄二は不遜《ふそん》な笑みを浮かべて、直江たちを見ている。その額《ひたい》の真ん中に禍々《まがまが》しく輝く赤い塊《かたまり》がある。

（……まさか、あれが……っ）

晴家から聞いていた。織田《おだ》は傀儡《くぐつ》種を扱い始めたと。植え付けた相手を自《みず》らの分身にするという——。

(鉄二じゃない。ここにいるのは！)

「手こずらせてくれたものだな。直江信綱《のぶつな》」

織田信長《のぶなが》だ。

鉄二の体を乗っ取った信長が、ここにいる。

窮地《きゅうち》だった。全身の血が一気に引くような心地がして腑《ふ》まで冷たくなりかけたが、すぐに自らを奮い立たせて、体中の力を両眼にこめ、睨《にら》み返した。阻《はば》んだ者が誰であろうとここで捕まるつもりは毛頭ない。魂《たましい》を張ってでも美奈子を逃がす。そのための算段を、直江の脳は凄《すさ》まじい勢いで計算する。

「……………。その目」

信長がふと呟《つぶや》いた。

「不遜だな」

信長が顎《あご》をクイと動かすと、盛政たちがふたりを捕らえにかかる。させまいとして、直江は素早く木端神《こっぱしん》を取りだし、勢いよく投げつけた。

「オン・マニダレイ・ウン・ハッタ！」

目の前で手榴弾《しゅりゅうだん》が炸裂《さくれつ》したような衝撃とともに蜘蛛《くも》の巣《す》状の光が広がり、男たちの体の自由を奪う。念で反撃する盛政たちに、直江は畳《たた》みかけるように札をかざした。

「オン・ギャナウェイ・ソワカ！」

軽トラの火柱が突然、竜巻のように伸び上がり、生き物のように襲《おそ》いかかる。炎が悪意を持ったかのように灼熱《しゃくねつ》を振りまきながら男たちを燃やし尽くさんとする。盛政たちが暴れ回る火炎に翻弄《ほんろう》され、苦悶《くもん》する隙《すき》に、美奈子の手を引いて走り出す。

「いかせんぞ、直江！　……ぐ！」

蘭丸もまともに火炎の熱をくらった。目の前でうねくる火炎龍《りゅう》に襲われて追うどころではない。直江は念を乱撃しながら、再び木端神を二体取りだした。

「オン・マリシエイ・ソワカ！」

直江と美奈子の姿が、ふたつに分身した。本体は陽炎《かげろう》に包まれ、分身が実体と化す。自分の身を隠し、囮《おとり》を実体化させる入替隠形法《おんぎょうほう》だ。囮はふたりの姿を保ったまま、反対方向に向かって走り出していく。

「追え！」

蘭丸の声で一斉に追っ手が囮の後を追う。その隙に本人たちは別方向に逃げ切るつもりだった。しかし囮にはまったく惑わされなかった者がひとりだけ、いた。

鉄二を操る信長だ。

逃げていく囮には見向きもせず、誰もいないはずの雪原《せつげん》へと拳銃《けんじゅう》を向ける。迷わず引き金を引いた。隠形していたはずの直江の脚《あし》を、あやまたず撃ち抜いた。

「笠原《かさはら》さん！」

倒れ込んだ直江に美奈子が駆け寄る。ピンポイントで膝《ひざ》を撃たれた。血が雪を赤く染めていく。立ちあがれない。

「逃げろ、美奈子！」

直江は叫んだ。

「いいから行け！」

近づいてきた鉄二が直江の背中にまたがり、その後頭部を猛禽《もうきん》のように掴《つか》んで地面へと押しつける。物凄《ものすご》い力だ。雪に顔がめりこみ、息ができない。信長は唇をつりあげた。

「……埋もれて死ね。直江信綱」

銃声が響いた。同時に鉄二の胸が血を噴《ふ》いた。美奈子だった。あらかじめ携帯していた護身用拳銃で撃ったのだ。鉄二の服はあっという間に鮮血で染まり、そのまま直江に覆い被さるようにして倒れ伏してしまう。

美奈子は座り込み、人を撃った恐怖で震えている。そこへ――。

「それでこそ、我が織田の戦巫女《いくさみこ》」

背後から、別の男の声があがった。

はっとして振り返った美奈子の脳天を、強い雷撃が襲った。

念に打たれた美奈子は、天を仰《あお》ぐようにして、雪の上に昏倒《こんとう》してしまう。

ざく、と雪を踏んで、木陰《こかげ》から毛皮のコートをまとう男が現れた。

そこにいたのは、朽木慎治《くちきしんじ》だ。

織田信長本人だった。

信長はゆっくりと近づいてきて、直江と鉄二を見下ろした。ふたりとも横たわったまま、ぴくり、とも動かない。雪は赤く染まっている。美奈子は気絶している。

「景虎の女だけのことはある。使いでのある駒《こま》をこうもあっさりと」

信長公、と背後から声をかけてきた者がいる。

六王教《ろくおうきょう》教主の息子・阿藤守信《あとうもりのぶ》だ。今日まで執拗《しつよう》に美奈子と直江を捜索していた。

「運べ」

と信長が言った。守信は怪訝《けげん》な顔をした。

「直江信綱。破魂《はこん》なさらないのですか」

「こやつにはまだ使い道がある」

「囮ならば、北里《きたざと》美奈子のみでも十分では」

「いや。こやつだ」

信長は足下に倒れている直江を見下ろした。

「こやつの眼を見たか。信長を信長とも思っておらぬ眼であった。恐怖どころか、隙あらば、喉笛《のどぶえ》を嚙《か》みちぎる気でおった。こんな不敵な男を、景虎め、そばで育てておったとは」

吹雪の中で、信長は掌《てのひら》を宙にさしだし、落ちてくる雪を握りつぶす。

凶暴な笑みを頬《ほお》に刻み、信長は言った。

「獲物《えもの》は館《やかた》につれていけ。謝肉祭《しゃにくさい》の生贄《いけにえ》だ。丁重にな」

＊

阿蘇にいる柳楽《やぎら》の家が、何者かに焼かれたとの報《しら》せは、八海《はっかい》からもたらされた。

直江たちが潜伏していた山荘も、ほぼ時を同じくして、破壊されたという。

雲仙普賢岳《うんぜんふげんだけ》にある普賢神社に集まっていた景虎たちに、緊張が走った。

「居所を突き止められたのか。直江と美奈子は？　無事なのか！」

「焼け跡には、誰の遺体も見つからなかったそうです」

一気に空気が張り詰めた。景虎と勝長《かつなが》、そして長秀《ながひで》は、俄《にわか》に緊迫した。

織田の狙《ねら》いは美奈子だ。少なくとも直江が死んでいないならば、なんとか襲撃を免《まぬが》れ、逃げられたと希望ももてるが。

「ですが、連絡がとれません」

もう家が焼けてから二日経っている。それと、と八海はさらに深刻そうに、

「柿崎《かきざき》様とも連絡がとれず……」

「晴家《はるいえ》も？　どういうことだ」

三角港《みすみ》で景虎と別れてから、消息がつかめない。阿蘇に戻って八海と合流したはずだったのだが、連絡拠点としていた北阿蘇の宿にも戻ってこず、電話もかかってこない。

「最後に晴家を見たのは、オレだということか」

「敵地に潜入する時も、定期連絡は欠かしておりませんでした。それが丸三日途絶えているのです」

「晴家の身に何かあったか」

勝長の表情も曇った。その可能性が高い。

「晴家から潜伏場所を聞き出したのかもな」

長秀が舌打ちした。むろん、多少の拷問《ごうもん》や催眠暗示で口を割る晴家ではない。そうなった時は、自らの肉体を捨てる覚悟もある。だが、相手は織田だ。

「接触読心できるようなやつでも飼ってたら、いくら晴家でもアウトだぜ」

「鉄二かもしれない」

景虎が険《けわ》しい顔で言った。

「鉄二の千里眼《せんりがん》を利用された。鉄二は遮蔽結界《しゃへいけっかい》の中までは見通せないが、外にいる人間の行動ならば、見通せる」

「つまり晴家の行動を監視されていた？」

「細心の注意を払っていたはずだが、連中の網《あみ》にどこかで引っかかったんだろう。情報収集と捜索を進めろ」

御意《ぎょい》、と頭を下げ、八海は慌《あわ》ただしく立ち去った。

「阿蘇に向かったほうがいいか？」

と勝長が問いかけてくる。景虎は「いや」と言い、

「いまはここを固めるのを急ぎましょう。状況把握《はあく》ができないうちに動くのは得策じゃない」

島原《しまばら》にいた織田を撤退させた景虎たちが、次に取りかかったのは、織田が築きかけていた産子根針壇《うぶこねばりだん》を利用して、織田に対抗する術壇を築くことだった。

阿蘇と雲仙普賢岳は、地理的には近いが、構造的には別々の火山帯に属している。

阿蘇は琉球《りゅうきゅう》列島にまで及ぶ霧島《きりしま》火山帯、普賢岳は日本海側に横たわる白山《はくさん》火山帯に属している。基本的に霊脈も、火山帯に沿ったものが一番強く繋《つな》がり、別々の火山帯では繋がりも薄い。

白山火山帯の一番端にあたる普賢岳は、霊脈の終着点でもある。

景虎たちは織田へのカウンターとして、雲仙普賢岳に壇を築き、織田の壇を直接攻撃できる態勢に持ち込むべく動いている。

むろん、奇妙丸《きみょうまる》――暗照大師《あんじょうだいし》の力添えがなければ、実行に移すのは不可能なことだった。

ここ数日、島原の壇固めに没頭する景虎に、勝長は別の懸念《けねん》を抱いている。

「……大丈夫か。景虎」

美奈子の事件を知った直後だ。

動揺は、心労に変わりつつある頃だった。

「こっちの心配より晴家のほうを。捜索のため護法童子《ごほうどうじ》を飛ばしてみます」

「どう見たってオーバーペースだ。いいから少し休め。降三世明王《ごうざんぜみょうおう》の力など一時の強壮剤だ。過信してると心労で先に倒れるぞ」

説得するように景虎の腕を摑んだ。

「ろくに寝てないだろう。いいから情報収集は我々に任せて、少し休め。これは医者としての命令だ」

こんな状況で眠れるわけもない、と言い返しかけた景虎だったが、勝長にそこまで気遣わせてしまっている自分の言動を省《かえり》みた。勝長が叱《しか》るような顔つきをしている時は、大体、視野が狭くなり暴走しかけている時なのだ。

「……大丈夫です。私情で判断はしません」

「逆だ。そうでないから心配なんだ。恨みごとのひとつもわめいてくれたほうが、まだ」

「……る資格もない」

え？　と勝長は訊《き》き返した。

景虎の横顔が、驚くほど暗く老け込んで見えたものだから、思わず凝視してしまった。

「オレに直江を責める資格は、ないんです……」

「それはどういう」

「………。今は話したくない」

景虎が心を閉ざしてひとりでしょいこむ癖《くせ》は、今に始まったことではないが、言葉ではっきり詮索《せんさく》を拒《こば》むのは余程のことだった。いくら全身張り詰めさせていても、ふとした瞬間、闇《やみ》に足をとられ、心の底の底なし沼を果てしなく見つめだしてしまう。

いま不用意に問い詰めては、ますます暗いところへ追いこんでしまう気がしたので、勝長には手が出せなかった。

「壇の様子を見てきます」

普賢神社は山頂近くにある。切り立った崖《がけ》のそばにお社《やしろ》が建っていて、織田はそこを占拠改造して壇を築こうとしていた。壇自体は八割方出来上がっていて、あとは産子を埋めるだけの段階だったから、ギリギリのタイミングだった。

拝殿の外で待ち受けていたのは長秀だ。

先日来、ふたりは険悪だった。

長秀が美奈子を暗殺しようと謀《はか》ったことは、景虎の耳にも届いている。気持ちのこじれが生じていた。今は何も話したくなかったので、顔も見ず通り過ぎかけた景虎に、長秀が言った。

「……おまえ、それでいいのかよ」

景虎は足を止め、溜息《ためいき》をついた。

「………。なんのことだ」

「横恋慕で寝取ったってほうがまだマシだ。直江のあれは悪意以外のなんでもねえ。おまえを横取りした美奈子への」

「直江の動機など、今となってはどうでもいい」

「なに無責任なこと言ってんだよ。おまえはとっくにわかってたんだろうが」

「責める資格がない」

「てめえの監督責任のこと言ってんのか。そんな生やさしいこっちゃねえだろ！」

「もういい。全部わかった」

景虎は抑揚《よくよう》のない声で、一言だけ告げた。

「……最悪だったのは、オレだ」

長秀には意味が読み解けない。判断ミスのことを言っているのでもない。景虎が漏《も》らす謎かけのような言葉に翻弄される苛立ちが、一気に堰《せき》を切り、景虎の後ろ姿に向けて、思わず叫んだ。

「俺は抜けるぞ！」

「……………」

「夜叉衆《やしゃしゅう》を抜ける。織田を倒したら金輪際《こんりんざい》、上杉《うえすぎ》の名は名乗らない。《調伏《ちょうぶく》》もやめる。怨霊《おんりょう》退治なんかもうたくさんだ。もう二度とおまえとつるんだりしねえからな！」

景虎は立ち止まったまま聞いていたが。

ほんの少し肩ごしに横顔を見せただけで、何も言わない。

何も言わずに、去っていく。その背中にチラと雪がふりかかる。

(ぶちまけてみろよ、いっそ)

(俺にぶちまけてみろ、景虎)

景虎は絶望しても泣き言を言わない。ウェットな感情に流されず溺《おぼ》れず、くわえ煙草《たばこ》で済ます男だ。長秀とは、互いのすることに踏み込みすぎず、口出ししすぎず、お互いにとって一番心地よい距離感が保てたから、四百年もやってこられた。

だが、時々、どうしようもなくもどかしくなることがある。

景虎と直江の間には一線というものがない。そこまで執着したら共倒れになるのは明らかだろうに、ふたりが恐れ知らずなのか。それとも臆病《おくびょう》すぎるのか。長秀との間には自然と引ける一線が、直江には引けない。それが景虎の弱さだと長秀は思っていた。どころかコントロールを失って、この有様だ。

(俺は真っ平ごめんだよ。おまえらみたいな関わり方は)

長秀にはできない。できないし、したいとも思わない。まだ直江の横恋慕ならよかった。女の奪い合いでとっくみあいにでもなったほうがマシだった。美奈子は明らかに押し潰《つぶ》されたのだ。ふたりが生んだ互いへの執着の、そのひずみに挟まれて。

今なら、そうだとわかる。

（おまえらふたりの罪だ）

（共犯だ）

景虎は闇の底まで覗《のぞ》き込んでしまった。

数日前とは、もう、眼がちがう。

誰に打ち明けられるだろう。

どんな思慮《しりょ》深さも思いやりも善良さも良識も、人間のあらゆる美徳が木っ端《こっぱ》みじんになるような、無意識の筋書き、未必の故意。

そうなることも心のどこかでわかっていた。全部わかっていて美奈子を直江に守らせた。直江の忍耐も誠実も良心も、いつか打ち崩される日が来る。その日に得るもののことも。

そんな忌《い》まわしい予感を打ち払おうとして「信じてる」と言い続けた。直江に言い聞かせながら本当は自分に言い聞かせた。信じてると訴えながら、その一方で、誰より理解してくれていた唯一の女を、無残に汚した直江の罪から、無上の恍惚《こうこつ》を得た自分。

直江が犯した行為は、かつて景虎という人格の大元に深い傷を残し、いまだ引きずっているそれだった。景虎が最も恐れ心底憎み続けたのと同じ行為を、景虎が誰より大切に思う尊い女へと、直江は加えたのだ。この重度の機能不全を引き起こしたのと同じ、忌まわしい傷を。

最も許せない罪だからこそ、最も欲しかった枷となった。この倒錯。この救いのなさ。景虎は自分が何も信じられなくなった。

一度、底まで覗き込んでしまったら、もう明るい場所には戻れない。この世で最も信じるに価《あたい》しない存在は、自分だったと気づいた瞬間、一切の光を失った。

闇の中で、放逐《ほうちく》された自分を思い知るだけだ。

罪深さというものは、圧倒的な放逐なしには思い知ることができないのだ。

——幸福になるの。

美奈子の微笑《ほほえ》みが果てしなくこの身を打つ。

——あなたも。私も。

(君に愛される資格など)

——幸福になるの。

(オレに資格など、なかった)

——そなたは悪鬼《あっき》になり果てた。

あれは確かに義父の声だった。謙信《けんしん》の言葉だった。真実を突かれたからこそ響いたのだ。

美奈子と育《はぐく》んだ安らかな愛は、呵責《かしやく》と絶望に塗り変わり、この身を黒く燃やし続ける。

硫酸《りゆうさん》の雨に打たれながら、消し炭にもなれない体でうずくまる。

あれからもう分身も現れない。

独りだ。

築壇中の本殿の外には、高坂《こうさか》がいた。

景虎がやってきたのを見ると、腰をあげた。

「……なにやら騒がしいですなあ。上杉の」

景虎の青白い顔にも、高坂はなにも感じていないようだった。

「順調か」

「見ての通り」

本殿の中では、夜を徹して作業が行われている。木材と大工道具を持ち込んで、まるで建築現場だ。

奇妙丸――こと暗照大師の指示通りに、新たな密教壇を築いている。産子根針の檀とも似ているが、大きな違いは、中央の多宝塔《たほうとう》内に産子は入らないということだけだ。

「霊脈牽引《けんいん》法。産子根針ほどの威力はないが、火山帯の霊脈に働きかけて、この場所に力を集める。産子根針がひとりの人間に力を集めるならば、これはひとつの場所に集める方法だ。砲《ほう》台《だい》のようなものだな」

遠距離攻撃を可能にする。広域結界を破るのにも適している。

ここが盤石《ばんじゃく》であれば、九州のどの場所に根針壇ができても対応可能だ。

「しかし今日明日で完成するものでもあるまい。ここまで急ぐ理由はなんですかな」

「茶筅丸《ちやせんまる》だ」

景虎は険しい顔で言った。

「白衣女《びやくいめ》の報告によれば、織田は月山《がつさん》の壇の再建を諦《あきら》めたようだ。月山を捨てて、茶筅丸をもう一度、この阿蘇に埋める可能性が高くなった」

「それで〝阿蘇へ〟ですか。よりにもよって」

「連中は余程、謙信公を恐れているとみえる」

冥界《めいかい》上杉軍の発動と謙信の降臨《こうりん》。より霊脈の集中度が高い阿蘇を選択したとみえる。

「茶筅丸を用いれば新たな産子を待つまでもない」

「こうなる前に、月山で有無も言わさず殺せばよかったのだ」

高坂は肩をすくめて、言った。

「弥勒《みろく》を生む三ツ石などより、よほど重大ではないか」

「壇は完成する前に破壊する。そのためにここを占拠した」

と言って、景虎は眼下に広がる島原半島の明かりを見下ろした。雪がちらついている。

高坂が帽子を脱いで、言った。

「美奈子殿が妊娠したそうですなぁ……」

「……。聞いてたのか」

「ええ、まあ。直江殿の子なのだとか」

景虎は立ち去りかけたが、次の高坂の言葉がその足を止めさせた。

「……その赤子、使ってみてはどうですかな」

「なに」

「その赤子を埋めて、産子根針の霊脈を横から奪うのだ。暗照大師も言っていたではないか」

確かに言っていた。おのが子を埋めて自ら呪者になり、壇を奪い、霊脈の力を手に入れる。

そういう裏技があるのだと。

だが、現実的ではない。なにより、景虎の倫理観が許さなかった。

「だから、美奈子殿の赤子なのです。不幸ないきさつを思えば、とうに消されていてもおかしくはない命だ。その子も親の役に立てれば、本望でしょう」

「馬鹿《ばか》なことを言うな」

「では、なぜ美奈子殿はおろそうとはしないのですかな」

景虎は横顔で聞いている。高坂は顔色を窺《うかが》うように、

「命ある子を憐《あわ》れんだのか、直江殿に気持ちが傾いたのか、……まあ、理由はご本人しかわかりますまい。されど、これも天の配剤では」

「………」

「倒れたところに土を摑むのだ。景虎。直江を産子根針法の第二の呪者にしろ。暗照大師は協

力を惜しまぬはず」

それとも、と高坂は言い、

「直江に、信長と匹敵する力を与えるのは、気に入らぬか?」

すると、景虎がふいに目元を和《やわ》らげ、微笑を浮かべた。奇妙な反応だった。

「高坂。おまえの言うことは、たいていろくでもないことばかりだったが、今回ばかりは悪くない」

高坂も驚いた。突っぱねるものと思っていたのだ。

景虎はハンチング帽をかぶり直した。

「高坂、おまえに頼みたいことがある。聞いてくれるか」

「頼みなど、恐ろしいですなあ」

「夜叉衆の後見人になってくれ」

高坂は、二度驚かされた。景虎は真顔で、

「この戦いの最後まで何人生き残るかわからない。残された者も、オレがこれから言うことをどこまで遂行《すいこう》できるかわからない。だから、おまえに託しておきたい」

「まるで遺言ですな。いったい何を」

景虎は一度、深呼吸すると、高坂に向き直った。

雲仙普賢岳にも湿った雪が降り始めた。

阿蘇と同じ雪が。

＊

拷問は、三日三晩続いた。

直江を閉じ込めた地下室は、外よりも冷え込んでいる。

コンクリートうちっぱなしの灰色の壁には、どこかから水が染みた痕《あと》が広がっている。殺風景な地下室には、暖房もない。中にいる見張りたちは防寒している。白い息を吐いている。

直江は鎖《くさり》で繋がれている。

天井から両腕を吊《つ》るされ、手首は鬱血《うっけつ》し、ぐったりと頭を垂れている。

「意識はあるのか」

「蘭丸様」

尋問を取り仕切っていた阿藤守信が、振り返って深々と頭を下げた。

階段から下りてきた蘭丸は、冷ややかな眼差《まなざ》しで、無残な姿になった直江を眺めた。

「やりすぎるなよ。やりすぎると死ぬ。そうなればヤツの思うつぼだ」

蘭丸には直江のもくろみが容易に見抜けた。

「直江は死ぬのを待っている。肉体が死ねば、すぐに換生《かんしょう》できるからな。ここにいる誰かの肉体を乗っ取って、まんまと逃げるつもりだろうが、そうは問屋がおろさん」

机の上にあった革鞭《かわむち》を手に取り、直江のもとに歩み寄る。

口には猿《さる》ぐつわをはめられている。シャツは大きくはだけ、ぼろぼろになっていた。爪《つめ》は全《すべ》て剝《は》がされて、一枚も残っていない。

手首には霊枷《たまかせ》がかけられ、《力《りよく》》を封じられている。

「だから言ったのだ、直江信綱。あの時、取り引きに応じていれば、今頃、日差しの降り注ぐ青空の美しい土地で、第二の人生を謳歌《おうか》できていただろうに」

直江がうっすらと目を開けた。まだ意識はあるようだ。

「北里美奈子を引き渡せと言ったはずだ。直江」

「…………」

「抵抗などしなければ、こんな痛い目も見ずにすんだのになあ」

蘭丸は革鞭で、直江の頰を勢いよく打った。

直江はぐったりとして、声もない。

「なかなか口を割りません。しぶとい男です」

守信も手を焼いている。蘭丸はいまいましそうに直江を見た。

「……空恐ろしいことを考えついたものだな。戦巫女をあらかじめ妊娠させて、根針の産子を孕《はら》ませぬようにするとは。上杉は悪魔の集団か」

「……」

「子の父親は誰だ。景虎か。それとも」

　ぐったりとしていた直江が、肩を揺らして笑い始めた。

　そんな力はもうどこにも残っていないはずなのだ。

「……美奈子に手を出してみろ……。その瞬間……、おまえたちが……最も恐れているものが降臨して……根こそぎ……踏みつぶすぞ」

「それは冥界上杉軍のことか」

「……そうだ……」

　血に染まった口をつり上げて、直江は不敵に笑った。

「もうすでに……軍支度《いくさじたく》は調った……あとは扉をひらくだけだ……産子根針の壇どころか、信長も……だれもかも……ほろぼす……」

　横っ面を張られて、直江はうなだれたが、嗤《わら》うのだけはやめなかった。

「……この阿蘇も……吹っ飛ぶだろうなあ……向こう百年は……ひともすめなくなるだろう。

……だがおれにはどうでもいい話だ」

「そうなったら貴様もあの女も生きてはおれん」

「それがどうした……。俺も美奈子も……とっくに覚悟の上だ。我らが景虎公が生きている限り、……我々の勝利だ……」

蘭丸の頬がわなわなと震えている。

「どこまでも口の減らぬ……ッ」

「気に入らないなら、さあ、殺せ。この口を裂いて黙らせてみろ」

「だったら望み通《おらん》りにしてやろうか！」

「のるな、阿蘭」

ぎょっとして蘭丸が振り返る。その一言で地下室の空気が一変した。

威圧感を伴《ともな》った重いオーラを背負いながら、階段から下りてきた者がいる。

守信たちがひざまずいた。蘭丸も鞭を背に隠し、深く頭《こうべ》を垂れた。

現れたのは信長だった。

背後には、佐久間盛政を従えている。

異様なほどの威圧感だ。並み居る戦国武将をひざまずかせてきた男の、捉《とら》え所のない不気味さがあった。

「直江信綱……。貴様とは一度、ゆっくり向き合うてみたいと思っていたところよ」

直江はひたすら眼を見開いて、睨み続ける。

ただならぬ眼をしている。半《なか》ば、自暴自棄《じぼうじき》となって、自らの後先のことなど、どうでもいいように見えた。どこか狂気を孕んだ眼は血走り、まさに狂犬のようだ。

まるで信長を信長とも思っていないような、不遜な表情だ。

魔王だろうが、神だろうが、どうとも思ってはいない。そういう顔だ。

「……この信長を、恐れぬのか」

「恐れる？　……あのひと以外にこの俺が恐れるものなど、この世にはない」

「誰のことだ」

信長は眼を細めて、

「この信長より恐ろしいものとは、なんだ」

そんなものが存在するのも許せない、とでもいうように、信長は低く問う。明らかに殺気が漂《ただよ》っている。直江よりも家臣たちのほうが、その発言に震え上がった。

「景虎だ」

直江は不遜な笑みを浮かべて言い返した。

「上杉景虎だ。織田信長よりも恐ろしいのは、上杉景虎だ。あのものに比べれば、信長の恐ろしさなど春風のようなもの」

蘭丸も盛政も守信も、顔を強《こわ》ばらせた。その一言で八つ裂きにされてもおかしくなかった。次の瞬間、直江の肉体が肉片になって飛び散ることも、全員が覚悟した。

だが、信長は嗤った。

口端だけで嗤った。

「……この信長を春風と申すか。面白い。景虎め、こんな男を四百年かけて育て上げてきたか」

信長はゆっくり近づいて、直江の顔を眺め回した。

「……これが貴様の作品か、景虎。なかなかに面白い。景虎が恐ろしいと申したな。その恐ろしいものに抗《あらが》い、背こうという意志はないのか」

直江は無言で睨み続けている。

「この信長に背いたものは大勢いた。但《ただ》し、損得で背いたものは、ひとりもいない。みな、恐怖ゆえに背いたのだ。荒木村重《あらきむらしげ》しかり、明智光秀《あけちみつひで》しかり」

その名が信長の口から出た瞬間、空気が凍った。信長の家臣団にとって、その名はタブー中のタブーなのだろう。

「だが、皆滅んだ」

信長の目から笑みが消えた。

「恐怖に駆られて背くものは臆病だともいえるが、反旗《はんき》を翻《ひるがえ》して破滅も厭《いと》わぬ勇者だったともいえる。貴様は震えながら身の安泰《あんたい》のために従う、凡人か。それとも寝首をかくのを虎視眈々《こしたんたん》狙っている勇者か」

「……どっちでもない……」

直江は呼吸も荒く、言い返した。

「おまえごとき若造には……まだわからない境地だろうなァ……」

あからさまな侮蔑《ぶべつ》に、動いたのは信長ではなく蘭丸だった。刀を抜きかけた蘭丸の腕を、信長が摑んで止めた。

　信長はいつしか事象を観察する研究者のような目になっている。好奇心で輝いている。直江のことが興味深くてならないらしい。

「面白い。なにを言い出すかわからん口に、なにをしでかすかわからん体か。これは景虎もさぞや手を焼いたことであろう。──織田につけ」

　不意打ちだった。さすがの直江も驚いた。

　信長が自らの口で離反を勧めてきたのだ。

「信長のもとで働け。そこまで景虎を恐れているなら、死にものぐるいで良い働きができるであろう。条件がいるか？　ならば、交換だ。景虎を捨てるというなら、北里美奈子は解放してやってもいい」

「なんだと……っ」

　殿！　と蘭丸が止めにかかる。が、信長は意に介さなかった。

「あの女よりも遙《はる》かにふさわしい戦巫女を見つけた。誰のものとも知れぬ子を孕んでいる女など、ろくなものではないだろう。信長は一度約束したことはたがわん。これが最後の勧降《かんこう》だ。織田につけ。一日、時間をくれてやる」

　それだけ言い残すと、信長は地下室を後にしていった。

　直江は愕然《がくぜん》としている。

（俺が背けば、美奈子が助かる……）

ここで選べば、少なくとも、美奈子を逃す道が見えるというのか。

だが、相手は信長だ。本当に生きて逃す保証はない。

（それでも、これが最後のチャンスなのだとしたら……）

償《つぐな》いの代わりになるとは到底思わないが、それでも彼女が解放されるなら。守りきることができるなら。

直江は枷に吊られた手を強く握る。

足下から冷気がこみあげてくる。どこかで水滴の落ちる音がする。静寂《せいじゃく》の中で時を刻む。すり減った心身を追い詰めるように。


その頃、美奈子は同じ棟の二階の部屋にいた。

独房のような狭い部屋には、冷め切った夕食が置かれている。

とても食欲など湧くような状況ではなかった。いくら空腹でも喉を通らない。

だが、美奈子は宙を睨んだ。自分ひとりの体ではない。この腹には子がいる。

この子のために、食べねばならない。

（生きる）

なんとしても生き抜いて、この子を産まねばならない。

美奈子は食事の盆へとにじり寄るようにして近づくと、箸《はし》をとった。

冷えた飯はろくに味もない。薄い味噌汁《みそしる》はうまいとも思わなかったが、それでも口に押し込んだ。何かと戦うように嚙み続け、嚥下《えんか》した。それだけを無心で繰り返す。

食べることもまた戦争なのだというように。

(私たちは生きる)

美奈子は子のために食べた。

腹の中の「景虎」のために、食べた。

＊

その日の午後のことだった。

普賢神社に、奇妙なメッセンジャーがやってきたのは。

それは普通の現代人だった。登山装備をしていて雲仙岳を縦走《じゅうそう》してきたという。普賢神社が立ち入り禁止になっていると知り、困ってウロウロしていたところ、たまたま勝長と鉢合わせた。

「こげなもんば預かってきました」

渡したのは一通の手紙だ。

登り口で見知らぬ男から預かったという。洒落《しゃれ》た洋封筒に宛名《あてな》がある。

〝加瀬賢三《かせけんぞう》殿〟

文字を見て、勝長はたちまち、ただならぬ手紙であると悟った。封筒を開けてみると、中に入っていたのは、一葉の写真と地図だ。

「なんてことだ……っ」

すぐに景虎と長秀に知らせた。

同封されていたモノクロ写真に写っているのは、若い男女だった。

直江と美奈子ではないか。

ふたりは部屋の一室にいた。床に直接座り込んで、直江はまっすぐにレンズを睨んでいる。体中傷だらけで、明らかに暴力を振るわれた痕跡《こんせき》だった。美奈子は顔を伏せていて、見るからにやつれた表情をしている。ふたりとも後ろ手に縛られているとわかった。

（捕まった……。織田に）

一縷《いちる》の希望は砕かれた。ふたりは逃げ切れなかったのだ。

「それと、地図だ」

阿蘇の地図だった。

根子岳《ねこだけ》と高岳《たかだけ》の北麓《ほくろく》あたりの林道から少し入ったあたりに建物が記され、赤く丸印が書き込まれている。

「ここにいるってことじゃねえのか」

と長秀が言った。景虎と勝長もそう感じた。

写真と地図のみ。他には何もない。何かを示唆《しさ》するような文章もない。

「これはどういう意味だ。助けを求めてるのか？　誰かが居所を教えようとしているのか。まさか晴家が」

「罠《わな》でしょう」

景虎は断言した。

「この地図の印は、織田の隠れ家。直江と美奈子はここで拘束《こうそく》されている。そう伝えてきたんだと思います」

「なら、こいつは」

「織田からの脅迫状だ」

冷淡な目つきになって、景虎はふたりの写真を睨んだ。

「ここにやって来い。さもなくば、人質の身の安全は保証しない――と」

「俺たちをおびき出すためのか」

景虎はうなずいた。

敵陣に乗り込む。みすみす殺されに行くようなものだ。

「危険すぎる。行かせられない」

「だが、このままでは直江の命がない。美奈子は殺されることはないだろうが、信長の戦巫女にさせられる」

景虎の心は決まっていた。

「助けに行く。阿蘇へ」

「行くからには何か考えがあるんだろうな」

「もちろんだ。ただで殺されるつもりは毛頭ない。だが、そのためにはおまえの力が必要だ。長秀。一緒に来てくれ。勝長殿はここに残ってください。築壇を進めてください」

「駄目だ。おまえたちだけでは心許《こころもと》ない」

「勝長殿は後方支援を。普賢岳から直接攻撃できるということが後ろ盾になる」

「だが、間に合うかわからんぞ」

「その時は、冥界上杉軍を降臨させます」

迷いのない景虎の言葉に、長秀も勝長もごくりと言葉をのんだ。

「阿蘇の五岳《ごがく》のひとつやふたつは吹っ飛ぶだろうが、背に腹は代えられない。信長の罠に飛び込むんだ。何もかもが無事に済むはずもない。信長は産子根針を再び使おうとするでしょうが、それを普賢岳から阻止《そし》してほしいんです。阻止は無理でも減力は可能なはず」

「そのための霊脈牽引法か」

「はい。半減まで持ち込めれば、勝算が出てくる」

「そこまでヤツから削れるか？」

長秀も険しい顔を崩さない。長秀は松川《まつかわ》神社にくらった神の雷《いかづち》を、至近距離で目《ま》の当たりにしている。景虎は確信をこめ、

「月山の壇を捨てた信長は、松川神社をやった時ほどの力は出せないはずだ。阿蘇の根針法を完成させない限り。勝長殿には暗照大師の指示に従い、牽引法を」

「………。わかった」

勝長は修法のエキスパートだ。幼児の体では思うに任せない暗照大師のサポートが必要だった。勝長が後ろに構えていてくれれば、思う存分戦える。

「それより晴家の消息は。この写真にもいねえ。やばくねえか」

あの日、三角港で、晴家らしき女が複数の男たちに連れ去られるのを見たとの目撃情報があった。その中に少年が交じっていて、特徴が鉄二に似ていた。

「……破魂されちまったのか？」

「わからん。だが信長が、晴家を破魂しない理由がひとつだけ、ある」

信長は――いや、朽木は、マリーに特別の執着を抱いていた。その執着を信長が今も捨てていないならば。

「戦巫女？　ばかな！　ヤツを嫁にする気かよ！」

「能力的には申し分ないからな。美奈子の代わりにするかもしれん。おめおめと従うとは思わ

んが。晴家の捜索は続ける。出発は明日だ。長秀。支度しろ」

「ちっ。やるしかねえ」

それは戦時中の空気だ。後がない悲壮《ひそう》感はついこの間まで肌で感じていたものだった。

勝長も敏感に察知しているのだろう。

外に出た景虎を、呼び止めた。

「……景虎。くれぐれも無理はするなよ」

「ええ、あとは頼みます。色部《いろべ》さん」

「なにがあろうと、自分を犠牲にして償ったような気にはなるなよ」

一瞬、虚《きよ》をつかれた。

真顔になる景虎を、勝長は見つめ返してくる。

「おまえさんは頼もしい大将だ。たくさんのものをひとりで背負って、俺たちはそばについていながら孤独にさせたこともあっただろう。だが、おまえはひとりじゃない。俺は心のどこかで、おまえのことを息子のように思っていたよ」

「勝長殿……」

「戦に敗《やぶ》れて死んで何もかもを失っても、換生してからのおまえは、男として、より頼もしく成長していった。それがどういうことか、おまえにはわかるか」

勝長は諭《さと》すように言った。

「……いつかきっと、おまえの苦しみとも和解する時がくる。そのための未来だ。死者であろうと関係ない。希望をもつことを決して諦めないと約束してくれ。おまえ自身のために」

景虎は瞳《ひとみ》を細め、切なそうな顔をした。

「あなたは希望を捨てないひとでしたね。あなたのようになりたいと、いつも思っていた」

「景虎……」

「私にとっても、あなたは父親のようなひとです。あなたが後ろで見守ってくれる安心感が、私の支えでした。最後まで頼みます。勝長殿」

最後という言葉に、景虎がどんな覚悟をこめているのか。勝長には伝わった。

万感こみあげたが、最後は笑顔を浮かべた。

「行ってこい。冥界上杉軍総大将・上杉景虎」

「あとのことは頼みます」

その夜は戦支度《いくさじたく》となった。

雪のやんだ普賢岳からは、満天の星が望める。

島原湾の漁《いさ》り火が、寒風にちらちらと瞬《またた》いている。

その向こうに、阿蘇がある。

第五章　紅の花

晴家《はるいえ》はその頃、レガーロにいた。

気がついた時には、ドレスに身を包んでフロアに出ていた。

マリーさん、おはようございます。

そう声をかけてきたのは、ナッツだった。マサと一緒にフロアの飾り付けをしている。

振り返ると、カウンターには加瀬《かせ》もいるではないか。ウェイター服に身を包み、開店準備に忙しい。

なんだか変だ。

私は今まで何をしていたんだっけ。東京ではないところにいたはずなのに。

よう、マリー。支度はできたか。

いつものように片手をあげて現れたのは執行健作《しぎょうけんさく》だ。

社長、これはなんのお祝いなんですか？　今日は社長の誕生日でしたっけ？

なに言ってんだ。今日はおまえのウエディング・パーティーじゃないか。

え？　わたしの？

盛大に盛り上げよう。おっと、新郎もきたようだ。

振り返ると、ステージの上に現れたのは、朽木《くちき》ではないか。白いタキシードに身を包み、胸には遥香《はるか》が作ったコサージュをつけている。

ハッピーウエディング。おめでとう。マリーさん。朽木さん。

ハッピーウエディング。おめでとう。マリー。朽木。

そうだわ。私は結婚するんだったわ。プロポーズを受けたのだわ。

いつもはぶっきらぼうなしんちゃんが、緊張した顔で、一輪の赤い薔薇《ばら》を差し出し、言ったのよ。

マリー、俺と結婚してくれ！

ガチガチで不器用だったけど、まっすぐだった。しんちゃんらしい、プロポーズだった。

しょうがないひとね。ええ、いいわ。そばにいてあげるわ。

拍手喝采《かっさい》に包まれるフロアには、直江《なおえ》と長秀《ながひで》と勝長《かつなが》の姿もある。

その隣のテーブルには、慎太郎《しんたろう》もいた。穏やかに微笑《ほほえ》んでいる。

慎太郎さん、どうして笑っているの？　私が他の人のもとへお嫁に行ってもいいの？

おまえが幸せになるのなら、それでいいのだよ。お蔦《つた》。

幸せにおなり。私を待ち続けておまえが孤独な思いをし続けるくらいなら、私の約束など忘れていいのだよ。いまの幸せを掴《つか》むのだよ。

私が望むのは、おまえの淋《さび》しさではない。幸せだ。

おまえが笑っていることだ。

景虎《かげとら》も祝福している。上杉《うえすぎ》の皆も。

演奏が始まる。美奈子《みなこ》も笑顔でピアノを弾いている。

歌い始めようとした、その時——。

夢から覚めた。


西洋百合《ゆり》のきつい香りが、洋室いっぱいにこもっている。

薪《まき》の弾《はじ》ける音がする。暖炉《だんろ》だ。炎が揺れると、赤い絨毯《じゅうたん》に影が揺れる。

晴家はベッドの上にいた。大きなガラス窓の外は真っ暗で、枕元にはベネチアングラスのランプが映っている。ふと気がつくと、覚えのない白い絹のドレスを着ていて、手には霊枷《たまかせ》をはめられている。

「目覚めたか」

どきり、として晴家は声のしたほうを見た。

そして、凍りついた。

信長《のぶなが》だった。

暖炉の前で、こちらに背を向けてソファに腰掛けている。洋装をまとっているがジャケットは羽織《はお》らず、ひとりでブランデーを呑《の》んでいた。

「安心しろ。意識もない女に手を出すほど、この信長、蛮人《ばんじん》ではない」

思い出した。三角港《みすみ》で鉄二《てつじ》に襲《おそ》われて意識が途切れた。いやまだ意識があるのが不思議だった。確実に《破魂波《はこんは》》をくらったと思ったからだ。

《……どうして私を生かしたの》

「まだ答えを聞いておらぬ」

執念を感じた。

だが、それは信長自身の感情ではないはずだ。その執念こそ、信長の中に、わずかにこびりついた朽木の心の名残のように思えて、晴家はわけもなく切なくなった。こんな形で信長の中に残る唯一の痕跡《こんせき》が、朽木の愛であるのが悲しかった。

《信長ほどのものでも、そんなに断つのがむずかしいの……?》

背を向けている信長の、グラスを転がす手が、止まった。

《あんたが最後にレガーロに来たのは、そのためだったんだわ。朽木の想《おも》いが断ち切れなかったから》

「それは答えではない」

《私には心に決めたひとがいる。それはあんたじゃない》

信長は鼻で嗤《わら》った。

「……であるか」

《…………》

「ならば、妻としては扱わん。戦巫女《いくさみこ》になれ」

と言い、ソファから立ちあがると、こちらを振り返った。

「信長の子を産んでもらう」

そう告げた信長は、能面のような冷たい表情をしていた。

「北里《きたざと》美奈子の腹にいるのは誰の子だ。景虎の子か。そなたらが仕組んだのか」

《知らないわ……》

「では、あの者の腹から胎児《たいじ》を引きずり出すまでのことだ」

《やめて！》

「ならば、おぬしが産め」

晴家はぞっとして、動けなくなった。殺気すら漂《ただよ》わせて、信長が近づいてくる。

「松子《まつこ》はよき戦巫女だった。しかし母になってしもうた。わしは母という生き物が大嫌いでのう。生まれた我が子が気に入らぬと、庭に投げ捨てる。気に入った子に家督《かとく》を継がそうと薬を盛る。あまりに身勝手なものだから、乳母《うば》の乳首《ちくび》を噛《か》みちぎってやったわ」

生母である土田《つちだ》御前のことを言っている。信長は追い詰めるように、晴家に迫ってきて、べッドに膝《ひざ》をかけた。

「母になった女は信用せぬ。だが、おまえは母にはならん。生涯夜叉《しょうがいやしゃ》だ。わしにはわかる」

《そうよ。夜叉よ。私が孕《はら》む子はあんたの喉《のど》を食いちぎるわ》

信長は獲物《えもの》を追い詰めるようにベッドにあがり、晴家と鼻先が触れあうほどの距離で告げた。

「それでよい」

晴家は恐怖のあまり、硬直した。

「そなたは死の先の生を求めた。わしと同類だ」

押し殺した声で信長は言った。

「やがて来る世界のために歌え。誓うなら、声を返してやる」

凶悪な眼は驚くほど澄《す》んでいると、晴家は感じた。恐ろしさで動けないのに、瞳《ひとみ》に吸い込まれそうになる。これが織田《おだ》信長なのか。魔王と呼ばれた男。戦国の世を変えた男。

なにもかもに圧倒される。

(わたしは……)

――晴家。

頭の中で声がした。同時に、信長も身動きをやめた。

鋭利な刃のような目つきになり、獣《けもの》のように耳をそばだてている。

「……来おった」

途端に顔つきが豹変《ひょうへん》した。それまでの鷹揚《おうよう》な態度を消し、全身で警戒している。信長はやおら上体を起こすと鋭い眼光を四方に振りまいた。体中から殺気が溢《あふ》れ、威圧感で息ができない。ただならぬ様子に晴家は身をすくめた。

《だれが来たの》

「クク。性懲《こ》りもなく、またやってきたか。謙信《けんしん》」

晴家はぎょっとした。――謙信……？　いま謙信と言ったのか？

「招かれざる客というやつ。呼んでもおらぬのに、のこのこと。親馬鹿《ばか》も極まれりだな。そこにおるか。玄蕃《げんば》」

は！　と声がしてドアの外から佐久間盛政《さくまもりまさ》が現れた。

「こやつを見張れ。わしは客人をもてなしてくる」

すでに信長は武人の顔に戻っている。もう晴家など眼中にもない。

その姿が部屋から消えると、晴家は力が抜けて、立ちあがることもできなくなった。

（どういうことなの）

（謙信公が降臨《こうりん》した？　ほんとうなの!?）

＊

その建物群は山麓《さんろく》にあった。もともとは西洋式のホテルだったが、阿津田《あつだ》商事がつい数日前に買収し、数名の施設維持管理者以外は解雇《かいこ》して、宿泊客もいない。

直江と美奈子が監禁《かんきん》されているのは、そういう場所だった。

異変が起きたのは、夜十二時を回った頃だった。

最初の発端は、原因不明の停電だった。なにかがショートしたような閃光《せんこう》があがったと同時に、敷地を包む鬼域結界《けっかい》が消滅した。なんの前触れもなかった。

「なんだ、あれは……！」

直後、敷地内に突如《とつじょ》として現れたのは、謎の修行僧だった。

笠《かさ》を深くかぶり、錫杖《しゃくじょう》を手にしている。全身から激しく燃焼音をたてる青い炎を噴《ふ》きだしている。

ただ者ではなかった。

織田兵の攻撃も、謎の修行僧はまったく寄せつけない。

圧倒的ともいえる力で、次々と薙《な》ぎ払っていく。

「なにをしている！　早く仕留めろ！」

敷地は戦場と化した。蘭丸《らんまる》が鬼の形相で指揮をとり、銃器も持ち出して対抗するが、修行僧は撃たれても撃たれても、まったく倒れず、錫杖から繰り出す攻撃は機関銃のようで、手がつけられない。

「結界はどうした！　なぜ復旧せんのか！」

「霊力値があがりません！　原因はわからず！」

妨害か？　と蘭丸は目をつり上げた。

「上杉か！　おのれ……っ」

「うろたえるな、阿蘭《おらん》」

背後から従者を引き連れて現れたのは、信長だった。手には自動小銃を持っている。

「お下がりください、殿！　その者には攻撃が効きませぬ！」

信長は耳を貸さず、修行僧と向き合った。あの時と同じだ。新橋《しんばし》の料亭で、景虎と信長を倒したあの修行僧だった。青い炎を燃え立たせ、物々しい威圧感を放ちながら、修行僧は信長と真正面から対峙《たいじ》した。

「なにをしに来た。謙信。わしが呼んだのは景虎だ。貴様ではない」

謙信、の一言に蘭丸も驚愕《きょうがく》した。他の者たちも思わず後ずさった。信長はいまいましげに睨《にら》み返し、

「先だってはよくもこの信長の身を切り刻んでくれたのう。返礼をいたさねば、と思っていたところだ。そちらからわざわざ出向いてきてくれたのは、都合がよい」

信長は自動小銃を構えた。

「……これは、念鉄砲というものだ。肉体だろうが霊体だろうが、撃ち貫《つらぬ》く」

《あくまで滅びを受け容れぬと申すか》

修行僧が初めて口を開いた。信長は微笑み、

「滅ぶのは貴様だ。謙信」

言うや否《いな》や、修行僧めがけて乱射する。念弾は修行僧の肉体を畳《たた》みかけるように貫いたが、まるで手応《てごた》えがない。逆に攻撃をし返され、数名がかまいたちの餌食《えじき》になった。

「同じ手はくわん」

信長は鉄壁だった。その身に備わるのは産子根針《うぶこねばり》で抽出《ちゆうしゆつ》した霊力だ。

「貴様を破魂してやる。謙信！」

爆発音があがったのは、信長たちの背後だった。ボイラーが火柱をあげている。

殿！　と叫んで駆けてきたのは阿藤守信《あとうもりのぶ》だ。

「ふたりめが現れました！」

「ふたりめだと？　……ぬおッ」

言い終わらないうちに目の前の修行僧がかまいたちを繰り出してくる。信長と蘭丸は猛攻撃に晒《さら》されて、満足に反撃もできない。そうしているうちにまた爆発音があがった。「ふたりの謙信」に翻弄《ほんろう》されて織田は混乱している。

「結界を復旧し、賊《ぞく》を仕留めろ！　急げ！」

地下室に閉じ込められていた直江も、外の異変に気がついた。

体中を傷だらけにして天井から吊《つ》られ、意識も朦朧《もうろう》としていた直江だったが、その耳にも遠く銃声や爆発音が届いた。

(助け……?)

階段から見張りが転がり落ちてきた。その直後に黒ずくめの男がおりてきて、地下室にいたふたりの見張りを瞬《またた》く間に昏倒《こんとう》させた。

鉄格子《てつごうし》を開ける音がした。

直江はおぼろげな意識で、その気配をとらえた。

黒ずくめの男は口を覆《おお》っていた黒布を外し、直江を吊っていた鎖《くさり》と枷《かせ》を念で破壊した。支えを失って崩れ落ちる直江の体を、両腕で受け止めた。

「生きてるか。直江」

「……かげとら……さま……」

しゃがれ声は自分のものとも思えなかった。乾いた唇《くちびる》はガサガサで、目も虚《うつ》ろだ。冷たい床に座らせて、直江の口元にブリキ水筒をあてて水を飲ませようとしたが、摑むこともできない。長時間吊られていて、指先はほとんど感覚がなかった。

「ひどい怪我《けが》だな。立てるか」

直江は体中傷だらけの血まみれで、まともに意識があるのが不思議なほどだ。

「……なぜ……たすけにきたんです……」

「………」

「わたしをたすける必要など……ないのです。早く美奈子さんのもとへ、いってください……わたしを置いて……はやく逃げて」

「……。美奈子のもとへは八海《はっかい》が向かってる」

「ではもういって……」

「おまえを置いていけない」

「……置き去りにしてください……そうでないなら、殺してください！」

景虎は目を瞠《みは》った。直江は残る力を搾《しぼ》り出し、吐き出すように言った。

「わたしにはたすけられる資格がありません……。見捨ててください。そうでなければ、罰を下してください！　……もっと重い罰を！」

景虎が痛そうな眼をした。

織田の容赦《ようしゃ》ない拷問《ごうもん》も、直江は自《みずか》らへの刑罰だと思いこんだ。地獄《じごく》で受ける刑だと思い、甘んじて受け続けた。どんな激痛も苦悶《くもん》も、全《すべ》ては報《むく》いだ。

そう思い、忍《しの》び音《ね》ひとつ漏《も》らさなかった。

「……わたしは……うらぎったのです……なにより手ひどい裏切りをしたのです……」

「おまえが罰を受けるなら、このオレも同罪だ」

直江が短く訊《き》き返した。景虎は答えず、直江の腋《わき》の下へと潜り込み、肩を貸して、ぐっと膝に力をこめた。

だが、直江は膝に力が入らない。すぐにふたりして倒れ込んでしまう。直江は右膝を撃たれていて、自力では歩けないのだ。ろくに手当てもできなかったため、傷が化膿《かのう》して全身熱を発している。体と体を密着させているので、熱は服越しでも伝わってきた。

「ひどい熱だ……早く手当てを」

担ぎ上げようとして左手を摑んだが、直江は強く払った。

「いいから……さきに、美奈子さんを……」

「もう黙れ」

強引に手を摑み、腰に腕を回して、もう一度、直江の肩を担いだ。今度は立てた。髪が触れるほど間近《しんし》に景虎の顔がある。ぼやけた視界でも、これだけ近ければ、はっきり見えた。

景虎は真摯な眼差《まなざ》しをしていた。怒りを抑えるための無感情も、侮蔑《ぶべつ》を隠すための無表情も、そこにはない。ただ苦渋だけが眉間《みけん》にある。

だが、肉体の重さに耐えるための苦渋とはちがう。景虎は重苦しく、

「おまえはおまえの罪を背負え。オレはオレの罪を背負う」

「景虎様……」

「美奈子のもとにいくぞ」

直江の体を支えて、景虎は歩き出した。ろくに力の入らない直江の体は、重い砂袋のようでまともに進むのも難儀したが、ふたりはここから出ていかなければならなかった。階段を一段あがるのも苦行だった。だがこの場に留まってはいられなかった。

美奈子に会うのだ。

許しを乞《こ》う。ただそのために。

その一言を告げるために。

階段が異様に長く感じる。あがってもあがっても出口は遠ざかる気さえした。

たとえ、その出口が地獄の入口だとしても。

直江の体から伝わる高熱と痩《や》せた肉とあばらの感じ、そのすべてが景虎にとって十字架のようだった。この熱のかたまりが自らの罪名だと感じた。

美奈子のもとへ行くのだ。

もう二度と戻らない道のために。

その目の前に、ひざまずくために。


階段口から出ると、そこは戦場だった。飛び出してきた織田の兵を念で撃つ。建物の中は《軒猿《のきざる》》部隊が応戦し、銃撃戦のような有様になっている。

裏玄関へと至るホールの隅《すみ》に、八海と美奈子の姿があった。

「賢三《けんぞう》さん！」

「美奈子！」

途端に美奈子が銃弾も顧《かえり》みず駆け寄ってきた。そのまま景虎の胸に飛び込んだ。

もう加瀬とは二度と会えないことも覚悟していた美奈子だ。こんな混乱した状況でも、どれだけ嬉《うれ》しかったか。受け止めた景虎は一度強く、美奈子を抱きしめた。

「行ってください、景虎様！　ここは我々が！」

「頼むぞ、八海」

すかさず美奈子も直江の反対側にまわり、景虎と一緒になって直江を支え、歩き始める。重傷の直江を連れ出すのは至難の業《わざ》だったが、それでもそれが当然のように懸命に支え続ける。

「がんばって、笠原《かさはら》さん！」

必死に励ましたのは美奈子だった。

「生きるの！」

その一言に景虎は目を瞠った。歯を食いしばり三人でひとかたまりになり、外に出ると、あちらこちらから火の手があがっていた。

「これは……っ」

「長秀が暴れてる。今のうちに」

鬼域結界はまだ復旧できていない。石太郎《いしたろう》こと暗照大師《あんじようだいし》の助けを得て、島原《しまばら》の壇《だん》からピンポイントでこの場所の結界を散らし、復旧を妨害している。石太郎は投念で信長を攻撃し、さらに「謙信」に化けた長秀が陽動に回った。罠《わな》と知っていて丸腰で敵陣に飛び込むほど、景虎たちも無謀《むぼう》ではない。

「景虎様……っ」

「話はあとだ。急ぐぞ」

三人は敷地から出て、車のあるところまで向かった。辺りは森で街灯もなかったが、積もった雪で存外暗くない。ようやくたどり着いた。駐《と》めてある車に乗り込もうとして、ドアに手をかけた瞬間、背中に、ぶるっと冷たいものが走った。

「我がもてなしは、気に入らなかったか」

三人は驚いて振り返る。

木陰《こかげ》から若い男が現れた。

信長ではないか。

(ばかな)

石太郎の投念した「謙信」が引きつけているはずだった。蘭丸たちと一緒にいたところは確認済みだ。ではどうして……！

「暗照大師の繰り出すまやかしになぞ、二度ひっかかる信長ではない……。招待したのは貴様だけだ。景虎。謙信ではない」

景虎は直江と美奈子を背にかばい、闘犬のように身構えた。

「ふたりともさがってろ」

体中に渾身《こんしん》の《力《りょく》》を蓄えて対峙する。直江が目を疑うほど、景虎のオーラが強い。ついこの間まですっかり痩せ細くなっていた《気》が、全身の細胞にまでみなぎっているではないか。

「松子か」

信長は見抜いていた。

「母親なる生き物は、まことに厄介《やっかい》だ。子のためならば、たやすく魔王も裏切る」

「貴様を討つには申し分ない力だ」

景虎が低く構えると、溜めていたオーラが爆発的に噴き上がる。

信長は構えもせずに見つめている。景虎とは逆に、気が凝縮していくのが見える。

(これは……っ)

直江も気づいた。産子根針法で得た力を、信長は自らの肉体に取り込んでいるのだ。自在に操り、いつでも発せられるまでになっている。

「直江信綱《のぶつな》」

信長が突然、名を呼んだ。こちらには一瞥《いちべつ》もくれず、

「いまが選択の時だ。わしにつけ」

「なに」

「言っただろう。北里美奈子を見逃す代わりに、信長の家臣になれと」

鋭く反応したのは景虎のほうだった。この期に及んで、景虎の目の前で寝返りを勧めてくる信長に、直江は怒るよりも困惑した。

「どうした。直江信綱」

「直江、おまえ……っ」

「景虎が恐ろしいのだろう。この信長よりも恐ろしいと言ったではないか。今ならば、その恐ろしきものを革命できるぞ。選択させてやる。決断しろ。今がその時だ」

「直江……ッ」

「さあ、選べ！　直江信綱！」

直江が動いた。両手で剣印《けんいん》を結び、信長めがけてその手を向けた。

銃口を向けるように。

「ふっ……。台無しにしおって」

信長が再び根針法の力を急速に高める。信長の言葉で意表をつかれた景虎は一度、念を緩《ゆる》めてしまったあとだ。再び構えたが、信長のほうが溜めが早い。

「景虎様！」

直江が叫んで飛び出しかけたが、足が言うことを聞かなかった。代わりに信長を念で撃とうとしたが、それに気づいた信長が一瞬早く、直江めがけて念を撃った。

念は直江をかすめ、背後の車を直撃した。エンジンルームが爆発し、爆風に飛ばされて、直江と美奈子は雪の上に倒れ込んでしまう。景虎が低い姿勢から信長めがけて念を撃ち込んだ。

「はあッ！」

「むんッ！」

信長は念を弾き返した。同時に積雪を操り、地吹雪《じふぶき》のごとく舞い上がって景虎たちに降りかかる。視界を奪われた。ゴゴッと地鳴りめいた音がして、雪が大きく盛り上がり、鋭利な氷の刃《やいば》となって景虎たちに襲いかかる。

咄嗟《とっさ》に念で打ち砕き、景虎は全身の《力》を一点に凝縮して熱を生む。指先が赤熱化していく。信長めがけて熱線と化した念を撃ち込んだ。これが効いた。熱線は信長の腕を焼き、炎で包んでしまう。

「ぐおおおおッ！」

のたうちまわる信長に、景虎は容赦なく熱線を浴びせ続ける。こんな技は、直江も見たことがない。景虎の中に加わった降三世明王《ごうざんぜみょうおう》の力がなせる技だった。

景虎は容赦しない。バーナーのように信長を焼く。徹底的に焼く。肉の焦げる臭いがした。このまま熱線で肉体を焼ききるつもりだ。

「させん！」

信長が咆哮《ほうこう》をあげた。

産子根針の力を指先に集め、景虎めがけて撃ち返す。カウンター攻撃だ。景虎はそれをまともにくらった。

「賢三さん！」

美奈子が叫び、倒れ込んだ景虎に駆け寄ろうとする。

「！　……来るな、美奈子！」

見逃す信長ではない。信長は左手の念で景虎を狙《ねら》いながら、右手で素早く拳銃《けんじゅう》を取りだし、銃口を美奈子に向ける。引き金に指をかけている。

動いたのは直江だ。美奈子をかばおうと、自由の利かない脚に渾身の力をこめて、横っ飛びに飛んだ。

美奈子の体を抱えてかばい、倒れ込む。その直江の背中を撃ち抜こうとした瞬間、わずかな隙をついて景虎が信長の手首を念で撃つ。信長の手から飛ばされた拳銃は、雪の上に落ちた。景虎が突進してきてその拳銃を掴もうとした。だが信長のほうが、早かった。

銃声が響いた。

小さな血飛沫《ちしぶき》が、雪に散った。

直江と美奈子は、その瞬間を真後ろから見ていた。

悲鳴もなかった。

銃弾は、景虎の額《ひたい》の真ん中を撃ち抜いていた。

　わずか一瞬の出来事だった。

　目を見開いたまま天を仰《あお》いだ景虎は、そのままゆっくりと後ろに傾《かし》いでいき、仰向けに倒れ込んだ。雪に受け止められる形で、倒れた。

　そのまま二度と動かなかった。

　即死だった。

　美奈子も直江も、撃った本人である信長も、倒れた景虎を見て、数瞬動けなかった。

　雪に倒れ込んだ加瀬の体は、額の銃痕以外は、その数瞬前までとなんら変わるところがない。

だが、その頭の下にある雪は、みるみる真っ赤に染まっていく。

　鮮血が雪を溶かしながら広がり、まるでそこに大輪の花が咲いたかのようになった。

　美奈子の口から悲鳴がほとばしったのは、その直後だった。

「賢三さん！」

　雪をかきわけて美奈子が駆け寄る。直江は、放心したように固まっている。

　加瀬賢三は、絶命した。

　それが最期《さいご》だった。

　美奈子が泣き叫んでいる。まだ温かい体にすがって絶叫している。

　だが、直江には全てがなにかフィルターの向こうにある遠い現実のように感じられた。時が異常に遅く過ぎているように感じた。数秒が何十秒であるかのように感じた。

亡骸《なきがら》から、すっと何かが分離するのを、直江は感じとった。

景虎の霊魂《れいこん》だ。

霊魂が遺体から離れようとしている。

（いかん）

直江は我に返った。

同じ瞬間を、信長もまた見ていた。

信長の手の中に膨れあがる異常なエネルギーの塊《かたまり》に、直江は気づいた。

《破魂波》だ。

生命活動が止まった肉体に、魂《たましい》はいくらも留まってはいられない。それは不可抗力でもある。幽体が剝《は》がれ、魂が肉体から分離する。肉体を離れた魂は、鎧《よろい》を脱いだ生身のようなものだ。身を守るものが何もない。いわば、裸の状態で、最も無防備な時だった。

いま《破魂波》を撃たれたら、ひとたまりもない。

防御も抵抗も反撃もできないうちに、まちがいなく破魂されてしまう。

そう思った瞬間、直江の体の奥で、何かが動いた。ずっと昔からそこにあった重い扉が、ほんのわずか開いて細く光が差した。そんな「感覚」だ。

自分の中にあることも忘れていたその「感覚」は、本能のように呼び覚まされて、直江を突き動かす。誰からも教えられたことがないが「知っている」その感覚は、まさに「本能」そのものだ。

信長が《破魂波》を溜めていく。

直江はいまだかつて結んだことのない印を結び始める。

その印には名前がない。だが、やり方は知っている。

体が熱風に晒されたように熱くなり、全身の細胞が目覚め、髪が逆立つような感覚がした。

万物を動かせるとでもいうような奇妙な万能感に、体中が支配されたと思った瞬間、直江の手は景虎の魂に向けられている。

その掌《てのひら》に、景虎の魂を捉《とら》えたと感じた。

この魂を、生きた肉体に入れなければならない。いま、まさに生きている肉体に。

時間がない。どこにある、その肉体。生きている肉体。

その肉体は、景虎の遺体のすぐそばにあった。

景虎の名を泣き叫びながら、すがりついている人間がいる。

ここだ、と直江は思った。

それがなにとも認識できぬまま、一瞬のうちに判断し、その掌に捉えた景虎の魂を、生命ある肉体へと。その中心へと――。

投げ込んだ。

雷に打たれたかのように、美奈子の背が弓なりにそった。

ぽかん、と目と口を開き、美奈子は天を仰いだ。

その体の中心にくらった正体不明の衝撃に、驚いたまま、動きが止まってしまった。

黒い瞳は大きく見開かれていた。目頭《めがしら》に溜まっていた涙が粒になって、その頰《ほお》にスーッとつたっていく。

だらり、と腕を下げ、美奈子は彫像のように固まってしまう。

その体は、やがて重心を保てなくなっていき、真横へと倒れ込んだ。

衝撃音があがったのは、その時だ。

「景虎！」

女の声だった。晴家だ。

一瞬でただならぬ状況と判断すると、信長めがけて容赦なく念攻撃をしかけていく。そこに畳みかけるように長秀も追いついた。

「信長ぁぁぁ！」

長秀は織田から奪った自動小銃を信長めがけて連射した。ふたりがかりの凄《すさ》まじい猛攻をくらって信長は圧倒された。《護身波《ごしんは》》で耐えるだけで精一杯だ。景虎から熱線で焼かれたダメージは、思いのほか、大きかった。

「殿！」

飛び込んできたのは幌《ほろ》なしの軍用車だ。蘭丸が運転している。長秀たちと信長の間に勢いよく割り込み、信長は助手席に飛び乗った。ドアは銃弾で蜂《はち》の巣《す》にされたが、怯《ひる》まず雪を蹴《け》り上げて、走り去る。長秀も晴家も、追撃をやめなかったが、仕留めることはできなかった。

あたりに静寂《せいじゃく》が戻ってくる。

直江は、立ち尽くしたままだった。

戻ってきた晴家と長秀も、無残な光景を目にすることになった。

「……かげとら……」

額を撃ち抜かれて、目を開いたまま死んでいる加瀬の姿がそこにある。

そして、かたわらには美奈子が倒れている。

どれだけ経《た》っただろう。

ぴくり、と美奈子の肩が動いた。

「美奈子ちゃ……」

雪の上に倒れていた美奈子が、むくり、と起き上がる。

夢から覚めきれず、眠気に耐える子供のように、体を左右にゆらゆら揺らしながら、上体を起こした。

座り込んだまま、しばらくぼんやりとしていた。そして、だらりと下ろしたままでいる手を見つめている。

不意に、その眼に光が戻った。

その手に驚き、すぐにきょろきょろと辺りを見回し、膝元に倒れ込んでいる男の遺体を見て、驚愕した。

「……これは……オレ……」

そのたった一言で、晴家と長秀は何もかもを悟った。長秀は目を剝《む》き、晴家は口を手で覆った。

美奈子は目の前に横たわる加瀬の遺体を眺め回して、何がどうなったのか、理解しようと努めていたが、やがて、再び自分の掌を見、それが「自分の手ではない」ことに気づくと、自分の全身を急いで点検するように見回した。

髪を触り、顔を触り、着ている服を見て、とうとう助けを求めるように晴家と長秀を見た。だが、ふたりとも何か恐ろしいものでも見ているかのように、棒立ちになったままだ。

「……オレは……だれだ……」

美奈子が、言った。

「……オレは……美奈子になってるのか……？」

晴家はついに悲鳴をあげた。長秀は言葉もなく、顔を背けた。

美奈子は――いや、景虎は、ゆっくりと頭をめぐらせて、直江を見た。

直江は放心したように立ち尽くしている。

景虎が「美奈子の口」で、言った。

「……おまえが……やったのか……」

直江は、とてつもない過失を犯したというように、茫然《ぼうぜん》自失《じしつ》して景虎を見ている。

「おまえがやったのか……直江……」

直江は目線をさまよわせ、罪を認めるかのように、こくり、とうなずいた。

美奈子の体になった景虎は、よろめきながら、立ちあがった。

あらためて自らの体を——女の体を、美奈子の体を、見て、やがて両手で頭を押さえた。髪をかきむしるようにして、突き上げてくる衝動をこらえた。

景虎は美奈子に換生《かんしょう》したのだ。

雪の森に、女の絶叫が響き渡った。

「許さない……！」

景虎は涙を流しながら、直江に向かって、血を吐くように叫んだ。

「おまえだけは永久に許さない！」


炎が、加瀬賢三の遺体を照らしている。

雪に吸われた鮮血は、やがてどす黒く変色して沈着していく。

冷たくなっていく亡骸に、もう魂はない。
その魂は美奈子の肉体に入り、美奈子の魂はもう、どこにもなかった。
凍《い》てついた森に女の叫び声が響く。
降りしきる雪のように、いつまでも、やむことはなかった。

第六章　曼珠沙華の道

中岳《なかだけ》は、今日も噴煙《ふんえん》をあげている。

朝晩は相変わらず氷点下の寒さだったが、日差しに春を感じるようになってきた。

山はまだ白く雪解けには早いが、それでも着実に木々は芽吹《めぶ》きを始めている。

景虎《かげとら》が美奈子《みなこ》に換生《かんしょう》してから、一週間が過ぎた。

あれから上杉《うえすぎ》の面々は、北阿蘇《きたあそ》の外輪山《がいりんざん》に据《す》えた拠点に潜伏している。

夜叉衆《やしゃしゅう》は織田《おだ》の動向を注視しつつ、島原《しまばら》の普賢岳《ふげんだけ》にある壇《だん》を完成させた。阿蘇をいつでも狙《ねら》い撃てる遠距離砲ができあがったのだ。

だが、景虎はすぐに戦える状態ではない。

「景虎の具合はどうだ？」

今しがた到着して車から降りてきた色部勝長《いろべかつなが》が、開口一番そう言った。

その建物はもともと、地元の政治家が持っている別荘だった。夏場しか使われず、冬期は誰も来ない。周りには民家もなく、潜伏するにはちょうどよかった。出迎えたのは、長秀《ながひで》だった。

「……まともじゃねえよ。ずっと引きこもってる」

「そうか」

「無理もねえけどよ……」

報《しら》せを聞いて、いてもたってもいられず、島原から飛んできた勝長だ。留守は高坂《こうさか》に任せてある。高坂なんかに任せて大丈夫か、と長秀は心配したが、勝長は大丈夫だという自信があった。あの男はなぜか、織田がらみの案件では必ず「敵対」を示していたからだ。

直江《なおえ》はその後、病院に運ばれた。町の小さな医院では治療できないほどの重傷だった。戦地帰りの兵士が運ばれてきたかと医者も驚いていたという。

「おかげでどうにか命拾いはしたってよ。いま晴家《はるいえ》が付き添ってる」

「そうか。加瀬《かせ》の遺体は」

「火葬した」

長秀は腕組みをしたまま、天を仰《あお》いで白い息を吐いた。

「警察が検死して、その後、俺たちが引き取った。火葬許可をもらう手続きが厄介《やっかい》だったが、なんとか」

立ち会ったのは、長秀と晴家だ。棺桶《かんおけ》には愛用のハンチング帽も入れてやった。

ふたりで拾った骨は、白木の箱に入って邸内にある。

「そうか。いずれ落ち着いたら、加瀬家の墓に入れてやろう」

「あと面倒なもろもろは、柳楽《やぎら》氏があちこちに手を回してくれた」

「柳楽さんは無事だったのか！」

「不幸中の幸いだな。織田に踏み込まれる前に逃げられたらしい。満州《まんしゅう》帰りで運も強い」

だが家は全焼。アトリエも焼けて、制作中の彫像も焼けた。結局、巻き込んでしまったのが申し訳なくて、賠償《ばいしょう》を申し出たが、柳楽はそれよりも加瀬賢三《けんぞう》が死んだことを悲しんだ。

「尤《もっと》も……死んだのは肉体だけで、魂《たましい》は生き残ってるわけだがな」

と長秀は言って、建物のほうを振り返った。二階の窓はカーテンが閉まっている。

「景虎とは、会っても大丈夫か？」

「どうかな。まだ、そっとしておいたほうがよさそうだが」

さすがの長秀も軽口が出てこない。景虎は今の姿を人に見られたくないようだ。かなり混乱していた。勝長は痛ましそうに顔を伏せた。

「よりにもよって、美奈子くんに換生させられてしまうとは……」

「仕方ねえよ。信長《のぶなが》は《破魂波《はこんは》》で仕留める気だった。あの場にいたのは美奈子だけだ。直江はそうするしかなかった」

どうしようもなかった。あの場はああするしかなかった。わかっていても。

「……つれえな、どうにも」

長秀は天を仰ぐ。空は怨《うら》めしくなるほど青く晴れ渡っている。


それは醒《さ》めることのない悪夢だった。

景虎はそれが新しい肉体であることを、どうしても受け容れられずにいる。

女の肉体に換生したのは初めてだった。それでも赤の他人なら、まだ慣れようもある。

だが、その肉体は自分が愛した女のものなのだ。

ふと視線を落とすと、いつものように自分の手が視界に入る。だが、それは美奈子の手だ。

自分がかつて握りしめた白くて細い手だ。赤い手編みマフラーをかけてくれた手だ。ピアノを弾いた手だ。その手の甲《こう》にあったほくろが視界に入るたび、景虎はぞっとした。美奈子になってしまった自分を、まだ受け容れられない。

換生の瞬間を、景虎は生々しく思い出せる。

自分の魂が外からの強い力によって美奈子の肉体に投げこまれた瞬間、美奈子の魂はあえなく押し出された。景虎の魂の質量は、美奈子をたやすく突き飛ばし、ビリヤード球のように肉体の外へと弾《はじ》き出した。

そのいまわしい刹那《せつな》のこと。

思い出すたび、景虎は罪悪感で焼きつくされる。

椅子《いす》に腰掛けたまま、顔を覆《おお》った。

「……美奈子……」

美奈子の長い髪が頰《ほお》にかかる。その豊かな胸も、柔らかな白い肌も、それが自分のものであることがただただ恐ろしかった。生理的嫌悪というよりも純粋な恐怖だ。愛した女の肉体を奪って生きていること自体への。

認めまいとしても、その姿を映すものは現実を突きつける。

宿舎にある鏡は、全《すべ》て割った。

半狂乱で割ってまわった。耐えられなかった。

錯乱《さくらん》しかけて暴れ回る景虎を、長秀と晴家が必死に止めた。止められたが、鏡を割りまくった白くて細い手は、血まみれになった。

これが耐えられるものか。自分と思って見る顔は、美奈子なのだ。

叫ぶ声も美奈子なのだ。

自分が「殺した」美奈子なのだ。

涙が止まらない。

それでも今も生きている肉体の生理現象は否応《いやおう》なく強《し》いてくる。排泄《はいせつ》のたびに景虎は泣いた。愛する者といえど、立ち入ってはならない領域がある。それを嫌でも味わわねばならない悔しさと情けなさと罪悪感で泣いた。やがて鬱《うつ》状態になった。

気力が失《う》せた。

心のエネルギーを使い果たしてしまった。

一日中、座り込んだままだ。

何もしないで、心を空《から》っぽにして座り込んでいると、美奈子の記憶が流れ込んでくる。

景虎はほとんど無防備な心で、じっとそれを受け止めている。

生まれた家の父母、初めてピアノに触れた日、戦争が始まった夜、学童疎開《そかい》、空襲の知らせ、焼け野原の東京、震災孤児《こじ》としての暮らし、養女に迎えられた日、ピアニストを目指した日々、……そして加瀬賢三との出会い。

伝わってくる。

加瀬と会える日のときめき、無理解への反発、手編みのマフラーを編み始めた日……。

――あなたは私の人生にたくさんの贈り物をくれたわ。

その言葉には偽《いつわ》りがなかったと美奈子の記憶が伝えてくる。身を切るような切なさも悲しみもつらさも、だが、いまは柔らかく温かな、なにかに包まれている。加瀬と出会えた喜びが、穏やかな幸福感となって彼女の心には満ちていた。

直江とのことも……。

たったふたりでの逃避行、山荘での記憶、それらはまだ鮮やかで生々しい。

だが美奈子の中には驚くほど、怨みがない。直江を憎む気持ちも景虎を恨む気持ちもない。

それらはおそらく皆、ひとつの願いによって昇華《しょうか》されてしまったのだろう。

——あなたを産むわ。賢三さん。

景虎は自《みずか》らの腹に手を当てて、そこに宿る命へとじっと意識を傾けた。

（美奈子……）

彼女はそこにある小さな命を景虎だと思って慈《いつく》しんでいた。彼女の想《おも》いに抱きしめられているようだ。

自分がこの魂で美奈子の魂を弾き飛ばした時。

弾き飛ばされて、明るいほうへと遠ざかって消えていく美奈子の、最期《さいご》の思念に景虎は触れた。今も心に焼きついて消えない。

——天からあなたたちを見守っている……。

美奈子は最期まで微笑《ほほえ》んでいた。


カーテンを閉め切った窓は、赤く染まっていた。

その窓は西方浄土《さいほうじょうど》に向いているのか。

——死んだ人は、曼珠沙華《まんじゅしゃげ》の咲く美しい橋を渡っていくんだわ。

いつか美奈子が語っていた。彼女が好きだった曼珠沙華。あの世とこの世を結ぶ橋には、曼珠沙華が咲いているのだと……。

（君はもう渡ったのか……）

自分はずっと《調伏《ちょうぶく》》という行為に後ろめたさを感じていた。それを行使する時の暴力的な感覚が拭《ぬぐ》えなかったからだ。それを快感だと思ってしまう自分も許せず、使命の一言でねじ伏せて自分を戒《いまし》めてきた。

彼女の言葉はそんな景虎の心を救ってくれた。《調伏》で送り出してきた人々も、きっとその美しい橋を渡っていったのだと。肯定《こうてい》して受け止めてもらえた気がした。

曼珠沙華を見るたび、思い出す。それは美奈子の花だ。彼女自身だ。

夕陽《ゆうひ》が曼珠沙華のように、赤い。

景虎は掌《てのひら》に夕陽を受け止めてみた。この手を傷だらけにしてしまったことを後悔した。ピアニストとして大切にしていた手だ。美奈子が大切にしていた手だ。

「……すまない……美奈子……」

両手を握り合わせて、肩を震わせた。

「すまない……」

いまはただそれだけしか考えられない。

それだけしか。

＊

同じ夕陽を、直江も病室から見つめていた。

冷たいベッドに横たわり、ただ、夕陽をぼんやりと見つめていた。

景虎があの時発した追放の言葉が、耳から離れない。

――おまえだけは永久に許さない！

あれから、景虎には一度も会っていない。

加瀬の火葬が済んだことは、晴家から聞いた。美奈子に換生させられてしまった景虎の衝撃は大きく、ひどく取り乱し、荒れて、鬱状態になっていると。

直江の措置《そち》を、だが長秀は支持した。緊急事態でやむを得なかったと。きっと自分も同じことをしていたと。晴家は何も言わない。直接責めることもしないが、あまりにむごいと陰《かげ》で泣いていたのも知っている。

初めて使った力だった……。

他者を強制的に換生させる力。

無我夢中だった。宿体《しゆくたい》を選んでいる余裕もなかった。まして子のことなど忘れていた。そこにいたのが美奈子でなければ、彼女には換生させなかった。目の前には信長がいて《破魂波》をいまにも繰り出そうとしていた。状況のせいだ。

だが本当にそうだろうか。一抹《いちまつ》の悪意もなかったと言えるだろうか。無意識にもなかったと言えるだろうか。それを景虎は見抜いたのだろうか。自分がわからない。

わかるのは、景虎にとって一番残酷なことをしたという、ただそれだけだ。

景虎は自分の魂で美奈子を「殺した」。美奈子から肉体を奪って、美奈子が歩むべき未来を奪ってしまった。そしてこれからの一生を「愛した者の姿」で生きなければならない。

こんな残酷なことが他にあるだろうか。

直江は自分の掌をみる。

景虎の魂に触れた感触が、残っている。

(そうか……俺は)

(もう……あのひとのもとにはいられないのだな……)

ぽつり、と点滴が落ちる。

この治療に意味があるのだろうか。もう全て終わりにするべきではないか。

直江は、点滴の刺入部《しにゅうぶ》に手を伸ばす。ひと息に血管から引き抜きかけた、その時。

――がんばって、笠原《かさはら》さん！

――生きるの！

不意に美奈子の声がよみがえった。

「……なぜ……っ」

直江は背を丸めてうずくまる。なぜ、おまえにはあの時、それが言えた。なぜ。

罪もないおまえに、むごい仕打ちを重ねた男に、なぜ「生きろ」など。

——頼みましたよ。

(俺にはその願いを叶《かな》えてやることができなかった)

(たったひとつの願いも)

(約束したのに)

ベッドにうずくまる直江を、入口から晴家が見つめている。

晴家には何も言えない。慰めの言葉も、責める言葉も、どちらも。

取り返しのつかない現実を前に、晴家もまた打ちのめされている。当事者たちの苦しみに何も関わってやれないことも、晴家の虚《むな》しさに勢いをつけた。

(あの時……)

——マリーさん……。

美奈子の魂が浄化したと思われた、その時。

晴家は美奈子の声を聞いた。あれは美奈子の思念だった。確かに。

——できることなら、あのひとを産んであげたかった。

——さよなら。ありがとう。

あれは最期のメッセージだったのだと信じる。晴家はまた涙がこみあげそうになって、ぐっと堪えた。きびすを返した晴家のもとに、やってきたのは八海《はっかい》だった。

「直江様のお加減は……」

「ええ。体のほうは、回復しているけれど……」

八海が「あっ」という顔をした。

「晴家様、お声が……」

「……ああ。声が戻ったの。なぜかしらね」

ショック療法になったのだとしたら、切ない。

「きっと美奈子ちゃんが取り戻してくれたのね……」

八海は織田の偵察から戻ってきたところだった。その報告を兼ねていた。

「そう。佐久間盛政《さくまもりまさ》の行方はわからないのね」

あの時、晴家を監禁《かんきん》場所から逃がしたのは、鬼玄蕃《おにげんば》こと佐久間盛政だった。

盛政は娘の安否《あんぴ》を知りたがっていた。上杉に身を寄せた虎《とら》姫を、信長が破魂した、と晴家から聞くと、痛々しいほどショックを受けていた。

虎姫は奇妙丸《きみょうまる》を普通の男子として育てるつもりだった。産子根針《うぶこねばり》法のむごさに耐えられなくなったのだ。代弁するように伝えると、盛政は「さもあらん」とうなずいた。

——娘は、このわしにまでお咎《とが》めが及ぶことを心配して、言い出せなかったのだろう。娘といえど、母親だ。たしかにこの禁法はあまりにむごい。

長年の忠臣である盛政から見ても、産子根針法は行き過ぎた邪法だった。だが、信長の意向に逆らえないのだ。盛政にできたのは晴家への「消極的協力」だ。「過失」を装い、密《ひそ》かに逃がしてくれた。

「……阿蘇には、やはり茶筅丸《ちゃせんまる》を埋めるようだわ」

「それはまことですか」

「ええ。場所は古坊中《ふるぼうちゅう》。中岳のそばにある昔の寺院群跡」

織田はすでに動いている。上杉による妨害を警戒して、壇の設置は一気呵成《いっきかせい》に行う計画のようだ。

「中岳及び草千里《くさせんり》周辺の結界《けっかい》が強まっております。やはり準備のためでしょう」

「この間と同じようには行かないわね」

島原への攻撃にも備えなければならない。こちらも態勢を整えなければ。

だが、景虎はとても作戦に携《たずさ》われる精神状態ではない。直江もこの体だ。

「夜叉衆は残る三人で織田を阻止《そし》するしかない。あなたたちの力も大いに借りるわ。八海」

「望むところです」

「マリーくん？　マリーくんだね」

廊下の向こうから声をかけられた。振り返ると、そこにいたのは柳楽ではないか。手にはささやかな見舞いの花がある。

「ここだと聞いてね。君も無事でよかった」

「柳楽さん……。わざわざ来てくださったんですか」

「いま、会えるかね？」

マリーはどうするか迷ったが、直江の病室に案内した。

直江は柳楽を見ると驚いたが、無事な姿に少しだけ安堵《あんど》した。アトリエは全部焼けたと聞いていたからだ。

「……まるで傷病兵《しょうびょうへい》のようだな。傷はまだ痛むかね」

「申し訳ありません。柳楽さん。私たちのせいで……」

「アトリエならば、また建て直せばいい。だが、命はそういうわけにはいかんからね。とにかく、君と美奈子くんが無事でよかった」

直江は顔を強《こわ》ばらせた。

柳楽の言う通り、美奈子の肉体は無事だ。肉体はまだ生きている。だが、美奈子はもういない。彼女の霊魂《れいこん》はもうこの世にはいないのだ。

「加瀬くんのことは残念だった。もう一度、会って酒を酌《く》み交わしてみたかったが」

本当のことは言えない、と晴家は思った。加瀬は死んだが、魂は生きている。ふたつの矛盾《むじゅん》が直江を苦しめている。何も知らない柳楽にはそう見えているだけに、きつい。

「加瀬くんの分も君が生きろ。そして彼の分も美奈子くんを……、笠原くん？　どうした？」

直江はうなだれて嗚咽《おえつ》を嚙《か》み殺している。柳楽は励ますようにその手に手を重ねた。彫刻の鑿《のみ》を握る手は分厚くて、切なくなるほど温かい。無心の善意が今の直江には突き刺さる。

「しっかりしろ、笠原くん。大丈夫だ、大丈夫」

父親のように何度も背中をさする柳楽の手に、直江はすがりついた。許しを請《こ》うように。

病室に差し込んでいた夕陽も、山陰に隠れたのか、窓は暗くなっていく。

——おまえだけは永久に……！

取り返しのつかないものがあまりに大きすぎる。

どれだけ悔いても、時は戻せない。

*

勝長はようやく景虎と対面することができた。

夜だというのに、部屋には明かりもついていなかった。だが、今夜は月明かりがある。カーテンを透過した月光で暗闇《くらやみ》にはならず、薄く影ができるほどには明るかった。

窓を背にして椅子に腰掛けているのは、美奈子だ。

化粧もしていない美奈子は、虚《うつ》ろな目でこちらを見ている。

「……景虎か」

「はい」

痛々しさのあまり、勝長は目をそらしかけたが、そうされて一番傷つくのは景虎自身だとわかるので、しっかりと「彼女」の姿を見据え、近づいていった。

「調子はどうだ」

「はい。どうにか」

「換生したては不慣れで何かと怪我《けが》も多くなる。じっとしていると慣れるまで時間がかかるぞ。少しでも動いたほうがいい」

勝長は正面に椅子を持ってきて腰掛けると、医師らしく、診察の体勢で脈をとり、健康状態をチェックした。

「……最初に換生した時も、こうして勝長殿が面倒を見てくれましたね」

「あの時もおまえさんは塞《ふさ》ぎ込んで、大変だった」

「……さすがに慣れましたよ」

景虎はぼんやりと天井あたりを眺めていた。

「ふだん、人は案外、自分の体なんて見てないもんです。せいぜい手ぐらいだ。目に入るのは。……だから、あまり気になりません。誰の体でも一緒だ」

どこか捉《とら》え所のない眼差《まなざ》しで、淡々《たんたん》と言う。

美奈子への換生を痛々しく思うのは、むしろ、その姿を常に目にせねばならない周りのほうなのだ。容姿とは所詮《しょせん》、自分のものではなく他人のものなのだともいえる。自らの容姿を気にかけるのは現代人だけだ。自分の顔など一日見ずに済ませることもできる。鏡さえ見なければ一生知らずにいることもある。動物のように。

「鏡を壊したそうだな……。見るのが怖いか」

景虎は一瞬、塞ぎ込んだが、いえ、となぜか笑みを浮かべた。

「鏡を見れば、美奈子と会える」

「景虎？」

「オレが微笑めば、美奈子も微笑んでくれる。美奈子とはいつでも鏡越しに会えるんです。それは、素晴らしいことではありませんか……」

勝長は愕然《がくぜん》とした。どこかおかしくなっているのではないかと疑ったからだ。

「死んだ人間とは二度と会えないはずなのに。オレはいつでも会えるんですよ、美奈子と」

「景虎、その考えはだめだ」

「でも不思議なんだ。鏡にオレの姿がどうしても映せない……。きっとオレは姿を失ったんだ。美奈子と会える代わりに自分の姿を喪失《そうしつ》した。そうだ、きっとそうなんだ……」

「そんなふうに考えてはいけない」

「なら、どうやって受け容れればいいんです」

景虎は目を背け続けている。自分が美奈子である現実から。認識と現実が乖離《かいり》し続ける。その違和感をどう脳内で処理していいのか、わからなくなっていた。

「美奈子から肉体を奪ってここに生きている現実を、どう飲み込んだらいいんです！」

勝長は思わずその小さな細い体を両腕で抱きしめた。景虎の悲しみは癒《い》えるどころか、深まるばかりだ。

「しっかりしろ。景虎。おまえは美奈子くんの分まで――」

「生きろだなんて言わないでください。そんなことは言ってはいけないはずだ」

「なら、その体を殺して出ていくというのか。おまえにそんなことをする資格があるのか。美奈子くんの動いている心臓《しんぞう》を止めるのは、美奈子くんを殺すことなんだぞ」

景虎は涙に濡《ぬ》れた顔で勝長を見上げた。勝長はしっかりと肩を摑《つか》み、

「納得などできないかもしれん。だが今となってはその肉体は美奈子くんが唯一残したものだ。大事にするしかないじゃないか。その命は美奈子くんのおまえへのギフトだ」

景虎はしきりに首を横に振り続ける。そうじゃない。自分は奪ったのだ。

「これは殺人で強盗です……！　美奈子から全部奪った。ギフトなもんか」

「いいや、ギフトだ。美奈子くんはおまえに時間をくれた。死の先の時間を」

勝長は真正面から顔を覗《のぞ》き込み、子に言い聞かせるように、諭《さと》した。

「おまえの中の彼女は、きっと微笑んでいるはずだ……」

「オレは彼女から奪うばかりだった。とうとう肉体も――人生まで奪ってしまった」

「充分幸せだったはずだ。おまえと出会えて」

「オレと出会わなければ、もっと幸せだったはずだ」

「いいや。おまえと出会えたことが、彼女の人生を幸福なものにしたんだよ」

景虎は嗚咽を止められなかった。美奈子の記憶が語りかけてくる。あたたかい記憶が。

――大好きよ。賢三さん。

（美奈子……）

――あなたの望みは、かなう。

美奈子が体中の細胞に残していった想いは、いまも微笑みとともにある。


勝長が運んできたスープを勧めた。この何日か、ろくに食事も摂《と》っていなかった。

景虎は一口、すすった。食欲などなかったが、気がつけば全て平らげていた。食べ物を胃に入れて、気持ちが多少落ち着いてきたのだろう。

「少し、いまの状況を話してもいいか」

勝長は織田の動きについて、八海たちが摑んできた情報を伝えた。中岳の古坊中に壇を建造していて、茶筅丸を埋めるのも時間の問題だということも詳《つまび》らかに語った。

「数日内には動きがあるはずだ。阿蘇まで信長が手に入れたら、もう手がつけられなくなる。必ず阻止しなければならない。作戦は、俺と長秀と晴家で決行する」

「オレは……」

「おまえは換生したてで戦力にはできない。サポートに徹してくれ」

いつまでも塞ぎ込んでいられる状況でもなかった。

「……………。直江は」

初めて、景虎が直江の名を口にした。その胸中を思いやりながら、勝長は答えた。

「重傷だ。あの足では戦闘には加われない」

景虎は黙り込む。その表情からは直江への感情が読み取れない。ただ青白い顔で、一点を見つめている。恨《うら》み辛《つら》みを口にすることもなく、無表情でいるのが、仮面なのか素なのかも、読み取れない。

「おなかの子は、無事か」

景虎は我に返り、そっと下腹に手を添えた。

「……………。ええ、たぶん」

「高坂から聞いた。おまえ、その子に換生するつもりだったそうだな」

どきり、として景虎は顔をあげた。勝長は、景虎が高坂に託した頼み事も知っていた。

「もし自分がこの戦いで死んだら、美奈子の腹の子に換生する。やがて生まれるのを待って自分を壇に埋め、直江に産子根針法を修めさせる。信長から霊脈の力を奪い、信長を倒せと」

「全部聞いたんですね」

「赤子を苦しめたくないから、代わりに自分が埋まる、と……。そういうことか」

今となってはその実現はならなくなった。よりにもよって母体のほうに換生してしまったのだ。

「おまえというやつは」

「………」


「その子はいずれおまえが産むことになる。覚悟はあるのか」

「オレが……」

考えたこともなかった。男に生まれてきて換生する宿体も皆、男性ばかりだったから、自分が子を産むという発想がなかった。現実味が感じられない。

景虎は笑い始めた。自暴自棄《じぼうじき》気味に哄笑《こうしょう》した。笑うより他なかった。

「……。いまは、まだ何も考えられません」

勝長は気持ちを察した。

「明日、下で作戦会議を開くが、調子が優《すぐ》れなかったら参加しなくてもいい。無理はするな。身も心も」

勝長は部屋から出ていった。景虎はベッドに腰掛けて、腹に手を置いた。

妊娠している腹は、いくらか大きくなり始めたところだった。

この体の中では今、直江の子供が育っている。

「直江の、子……」

わけのわからない感慨《かんがい》がこみあげ、景虎はその気配を探るように腹をさすった。この感情には名がつけられない。この肉体に直江が残したあらゆる感触と感覚を、気がつけば懸命に辿《たど》ろうとしている。答えを探すように。

(どうしてこんなことをした)

美奈子に換生させられるくらいなら、あの場で破魂されてしまったほうがマシだった。

ここまで自分に負い目を背負わせなければいられないほど、おまえはオレが憎かったのか。

(これがおまえの答えなのか、直江……っ)

ふと、カーテン越しに何かから呼ばれた気がした。夜なのに光が差し込んでいる。立ち上がって、何日かぶりにカーテンを開けてみた。

目の前には大きな月が出ている。

夜のとばりがおりた阿蘇五岳《ごがく》の真上に、冴《さ》え冴《ざ》えとした月が輝いている。

その月に美奈子の面影が重なった。

(美奈子……)

――あなたたちを見守っている。

教えてくれ、美奈子。

ここは暗闇だ。何も見えない。この闇の中をどうやって歩いていけばいいのか。

どこに向かって歩いていけばいいのか。

＊

翌日、勝長が予告したとおり、作戦会議が開かれた。

夜叉衆からは、勝長と長秀と晴家、そして《軒猿《のきざる》》たちも加わった。

一階のホールは天井も高く二十畳ほどあって、人が集まるにはいい広さだ。吹き抜けになっていて二階へと続く階段もある。地元政治家の別荘だけあって、家具も年代モノが揃《そろ》っている。

「……これが今回の面子《めんつ》か。ハードワークだな」

長秀が溜息《ためいき》まじりに言った。実感だった。いくら普賢岳《ふげんだけ》からの助けがあっても、実動部隊がたったこれだけでは、という気持ちがある。なにより景虎が抜けているのが、痛い。

「でも、いまの景虎には荷が重すぎる」

「ったく、いつまでメソメソしてんだよ。景虎のやつ」

愚痴《ぐち》っていると、玄関のほうで呼び鈴が鳴った。

「誰だ？　高坂でも来たのか？」

億劫《おっくう》そうに腰をあげて迎えに出た長秀は、扉を開けて息を呑《の》んだ。

「直江！」

病院にいたはずの直江だった。まだ退院には早いはずだったが、無理をおして駆けつけてきたらしい。

「織田が動き出したというのに、ひとりだけ悠長《ゆうちょう》に寝てられないからな」

「無茶しやがって。その脚じゃ、ろくに……っ」

直江が長秀の鼻先に突き出したのは、呪符《じゅふ》だ。修験道系の呪符だった。

「高坂を脅《おど》して暗照大師《あんじょうだいし》に編ませた。足手まといにはならない」

「直江！」

晴家たちも驚いた。直江は杖《つえ》をついているが、高坂に送らせた呪符は、病や怪我を負った者が一時的に負傷部位の不自由をなくす効果がある。効果が切れたあとは悪化するリスクつきだが、織田を倒せたならそのあとは、たとえ脚が使えなくなっても本望だった。

「直江……。おまえ」

この数カ月間に起きた不幸な事件は皆、知っている。しでかしたことは、とても人様に顔向けできるような行為ではなかっただけに、気まずい思いはあったが、直江は承知の上だった。仲間から侮蔑《ぶべつ》されようと、今は戦力にならねばならない時だった。

勝長は何も言わずに、直江の肩を叩《たた》いた。

「よく来てくれたな。直江」

「私の力不足のせいで、皆には迷惑をかけました。申し訳ありません」

織田に捕まったことを言っている。「美奈子」を戦巫女《いくさみこ》にはせずに済んだが……。

居合わせた全員が、悼《いた》むように塞ぎ込んだ。沈みがちな空気を読んだ勝長が、あえて笑顔になって言った。

「古坊中での築壇阻止は、織田に九州を渡さないための防衛戦だ。やはり我々三人では心許《こころもと》なかった。心強いよ。直江」

晴家と長秀も、うなずいた。久しぶりに夜叉衆が四人揃った。

直江は、だが、しきりに辺りを見回している。その場に景虎の――「北里《きたざと》美奈子」の姿がない。美奈子の姿になった景虎と再び対面する覚悟を決めてきただけに、直江は落ち着かなかった。

「景虎様は今、どちらに」

「ああ。あいつなら、まだ……」

「オレはここだ」

階段のほうから声があがった。振り向くと階段の途中に「美奈子」の体になった景虎がいる。

その姿を見て、晴家たちは「あっ」と驚いた。

「景虎……っ、その髪は！」

長かった美奈子の髪が、ばっさりと切り落とされていた。

トレードマークでもあったつややかなストレートのロングヘアが、少年めいた短髪になり、容姿は同じでも別人のようだ。なにか糸切りばさみのようなもので雑に切ったのだろう。髪型はガタガタで、それがかえって野性的な雰囲気となり、かつての清楚《せいそ》な美奈子とはかけ離れた印象になった。服装も男物のズボンを穿《は》いて裾《すそ》をきり、肩には加瀬の形見の革ジャンパーを羽《は》織《お》っている。

階段をおりてくる景虎を、四人は驚きながら、迎えた。

「何をじろじろ見ている。作戦会議を始めるぞ」

「ああ……。そうだな……」

美奈子の容姿ではあるが、口調も雰囲気も景虎そのものだ。憐《あわ》れみや同情は受けたくなかった。美奈子の愛着ある美しい髪を自ら切り落とし、景虎は戦う自分をどうにかして取り戻そうとしている。

凝視していた直江と一瞬、目が合った。

が、景虎はまるで存在しないもののように直江を無視した。本当に視界にも入らなかったとでもいうように。

――おまえだけは永久に許さない……！

直江は苦しい表情になった。

(存在すら認めたくないということか)

ふたりの間に入った、決定的な亀裂《きれつ》は、誰の目にも明らかだった。

本当は直江もぎりぎりまで迷っていた。景虎をこんな忌《い》まわしい目に遭わせた自分が、どの面下《つら》げて会いに行けるか。なにもかも修復不可能になったという事実を目《ま》の当たりにするだけではないか。それならいっそこのまま、消えたほうが。

景虎は自分が許しを乞うことすら、許さないだろう。償《つぐな》いすら許さないだろう。

それでもこの戦いには加わらなければならなかった。上杉夜叉衆として。たとえ最後になったとしても、加わることが、自分自身の落とし前だった。

ふたりが今、ここに居合わせたのはただ「信長を討つ」という一事のためだ。

それだけが、かろうじて、ふたりを繋《つな》いでいる。

「五人揃ったわね」

晴家が言った。冷静さと覇気《はき》を取り戻した景虎は、力強く告げた。

「この阿蘇を最終決戦の場となす。おまえたちには全員、命をかけてもらう。織田信長を討つまで、我々はこの阿蘇を離れることはない。骨は生き残ったヤツが拾え。ここで終わりにすると誓う。謙信《けんしん》公と毘沙門天《びしゃもんてん》の名にかけて」

＊

夜になると、中岳付近から発せられる怪光は、麓《ふもと》からでも確認できるようになった。

地元住民が不安がっている。

火口の赤熱現象が雲に映る「火映《かえい》」とも違う。黄金めいた美しい光は、明らかに稜線《りょうせん》の一部から発せられていて、正体がわからない。

「どこかから小判でも溢《あふ》れとるとじゃなかかね」

と冗談を交わす人々もいたが、そのあたりの場所には、昼間に実際行ってみても特に異変もない。発光する原因が見つからず、気象台にも問い合わせがあったが、自然現象にしても説明がつけられない。

——噴火の予兆か……？

とうとう新聞にまでそんな記事が載るほどだ。

それと時を同じくして、人々の間に、奇妙な噂《うわさ》が広まり始めていた。

——鎧《よろい》武者が列をなして、お山にあがっていくのを見た。

——あんたも見たとか。鎧武者の軍勢たい。

——真夜中に外からガシャガシャ音がしとるけん、窓ば覗いてみたら、金色に光る鎧武者と騎馬武者が、目の前の道ばあがっていった。

いずれも中岳の麓集落での目撃情報だ。毎晩のように鎧武者が現れて、山のほうへとあがっていく。だが、それは生きている人間ではない。

——亡霊の武者たい。

地元住民たちは恐れをなして、夜、外に出ることも控えてしまった。

そこで何が起きているのか、知る者はいない。


日没した草千里に、麓から一台の高級車があがってきた。

車は古坊中と呼ばれる、かつて多数の堂宇《どうう》があった場所へとやってきて止まった。

降りてきたのは、織田信長だった。

毛皮コートを羽織り、手には革手袋をはめ、広大な原野の夜風に吹かれている。

空を振り仰げば、満天の星がきらめいている。星明かりが雪に映《は》えて、夜だというのに明るい。月の光があれば、なお輝いて、視界確保には困らないだろう。

「遮蔽結界《しゃへいけっかい》をもってしても、この霊光だけは隠せないようだな」

信長の言葉に、背後に控えていた蘭丸《らんまる》が「はい」と答えた。

「充分活性化させておりますゆえ、霊感なき者の目でも容易《たやす》く確認できるようです」

「確かに、この光景を見れば、納得であるな」

信長は興奮したように腕を広げた。

その目の前には、何十棟とも知れぬ堂宇が建ち並んでいる。

かつて古坊中と呼ばれた修験者たちのための寺だ。阿蘇は修験地だった。

記録によれば、古坊中には衆徒二十坊、行者十七坊、更に五十一の庵《あん》があり、計八十八もの堂塔伽藍《がらん》が建ち並んでいた。一大宗教都市だったのだ。

時を経て、ただ荒涼《こうりょう》とした原野が広がるばかりだが、いま、信長の目の前には、かつての壮《そう》麗《れい》な光景が甦《よみがえ》っている。

当時のように読経《どきょう》の声が響き、鐘《かね》や太鼓《たいこ》が辺りにこだまする。

「ありったけの行者の霊ども、甦《あが》らせてございまする」

「それでよい。ここに信長を崇《あが》める新たな山上都市が生まれた」

それは夜にだけ現れる霊たちの山上宗教都市だ。高野山《こうやさん》を彷彿《ほうふつ》とさせる光景だ。

「産子根針の築壇は進んでおるか」

「はい。御池《みいけ》（中岳火口）にて。すでに支度を調えております」

「良い場所だ。これだけの火山霊脈が集中している場所は、日本列島広しといえど、他にはない」

信長は「水垢離《みずごり》の支度をせい」と蘭丸に告げた。

「まずは身を清めてから、中岳に入る」

「殿、お待ち申し上げておりました」

中岳の山上《さんじょう》神社には、佐久間盛政をはじめとする織田の家臣たちが揃っていた。

目の前にはロープウェーの駅がある。ここから火口壁のすぐ近くまで、わずか四分でゴンドラがあがる。活火山の火口直下にかけられた世界初のロープウェーも、今は運転していない。厳重な結界がなされた乗り場前広場は、一般人は立ち入れなくなっている。

六王教《ろくおうきょう》教主、阿藤《あとう》親子の姿もある。

「茶筅丸はどこか」

「はい。こちらに」

御灯守・阿藤忍守《おしもり》の腕に抱えられた茶筅丸は、法衣を身につけ、まるで小さな即身仏《そくしんぶつ》を思わせる出で立ちだ。信長は「うむ」とうなずいただけで抱こうとはしなかった。

「全軍着到《ちゃくとう》いたしました」

そう告げたのは滝川一益《たきがわかずます》だった。

山上に金色に光りながらたなびいているのは、織田の木瓜《もっこう》紋を染め抜いた無数の軍旗《ぐんき》だ。怨《おん》霊《りょう》武者たちを各地から集結させた。すでに中岳周辺で配置についている。

「冥界《めいかい》上杉軍の降臨《こうりん》、迎え撃つ用意はできております」

「よろしい。陣を固めよ」

信長は白装束《しろしょうぞく》に身を包み、肩に毛皮コートをかけている。おもむろに脱いだそれを蘭丸が受け取り、信長は中岳の山頂を見上げた。

「よき月じゃ。霊脈もすこぶる高まっておる」

「普賢岳の暗照大師の動きはいかがにございまするか。玄蕃殿」

　と蘭丸が佐久間盛政に問いかけた。

「はっ。偵察によれば、こちらの動きを察知して再び結界攻撃を仕掛けようとしているとのこと」

「防御はいかに」

「普賢岳に送り込んだ原《はら》城の軍勢が先ほど攻撃を開始しました。上杉に占拠されている普賢神社を陥落《かんらく》させ、結界攻撃を阻止し、しかるのち根針法を成就させせます」

「夜叉衆の動きは」

　それが、と答えたのは阿藤守信《もりのぶ》だ。

「送り込んだ偵察隊が全員《調伏》されました。配下の教徒も差し向けましたが、いずれも催眠暗示を受けて人事不省の状態に。しかし動いたとの情報はいずこにも」

「おそらく景虎が動けぬために、情報攪乱《かくらん》して、時間を稼いでいるのでしょう」

　と蘭丸が言った。

「景虎めもよりにもよって北里美奈子に換生するとは……。人を人とも思わぬ悪魔の所行というものです。夜叉の本性見たりですな」

「いいや、あれは景虎の意志ではない。他者によって無理矢理、換生させられたのだ」

　なんと、と蘭丸は目を瞠《みは》った。

「他者によって……、とは。一体だれに」

「直江信綱《のぶつな》。景虎の後見人だ」

蘭丸は息を呑んだ。

「あの、男が……」

「やつには謙信から〝他者を換生させる力〟が授けられているという。主人が万一、換生できぬ事態に陥《おちい》った時、外からの手で換生を操作できるのだ」

「では、景虎があの女の中に入ったのも……」

信長は全てお見通しだった。

「情の強《こわ》い男だ。主人の魂を主人の女に換生させてしまうとは。景虎の精神にこれほどの痛恨な事態はなかろうに。鬼のような男だ。何をしでかすかわからん目をしておった。先に破魂しておくべきは、直江のほうであったな……」

蘭丸も、ごくり、とつばを飲んだ。そんな男を相手に寝返りを持ちかけたことに、少なからず戦慄《せんりつ》を覚えた。

「なに。そなたも同じ立場なら、同じことをしたはずだ。阿蘭《おらん》」

「いいえ……。いいえ、殿。私ならば、自らの肉体に殿を換生させてご覧にいれましょう」

「自らにか。自らの肉体を譲るか」

「私は殿の前にあっては無我でありますゆえ」

――おまえが、自分が信長の執着に値《あたい》しない人間だと認めるのが怖いからだ。

いつかの景虎の言葉が耳に繰り返す。蘭丸は抗《あらが》うように言い切った。自分は直江とは違う。

主人の執着など自らには要らぬ。執着などされては命を投げ出せぬ。そうではないか。

（自らを捧《ささ》げることが、信長公への我が愛だ）

（主人の愛など欲した時点で、忠義は忠義ではなくなる。直江は忠義を果たすことに失敗した。景虎、貴様の執着が直江を失敗作にした）

（己《おのれ》の孤高《ここう》に耐えられなくなった時点で、貴様はすでにして我が殿に負けているのだ）

「万が一の時には、いつでもこの阿蘭の肉体、お使いくださいませ。殿がいつ入られてもよろしいよう、万全に整えてございますゆえ」

「その意気だ、阿蘭。だが、この肉体が朽《く》ちることはない」

信長は薄笑いを浮かべて、闇夜を影絵のように切り取った中岳の稜線を見上げた。

「夜叉は今宵《こよい》、全員、破魂いたす」

居合わせた者たちは、一斉に姿勢を正した。

「……それは、夜叉衆が攻撃を仕掛けてくるということにございまするか」

「むろんだ」

信長には直感でわかる。夜叉衆は「この時」こそ潰《つぶ》しに来る。

「奴《やつ》らは来る。今宵だ。冥界上杉軍を降臨させるならば、今宵であろう。皆、備えよ。降臨するとなれば、この中岳もタダでは済むまい」

滝川一益が危機感を募らせ、信長の前にひれ伏した。

「その前にいち早く、景虎を見つけて討ちまする！」

「ああ、そうしろ。だが降臨してしまった時は、全軍団を率いて、これを倒せ」

信長は冷笑を浮かべて、宙を睨《にら》んだ。

「織田と上杉の戦は、手取川《てどりがわ》以来かのう。謙信よ。だが、今度は負けぬ。滅ぶのは、貴様らのほうだ」

殿！　と駅のほうから佐久間盛政が駆けてきた。

「夜叉衆が現れました！　我が軍勢、古坊中にて戦闘状態に入りました！」

「きたか」

信長は振り返らずに答えた。

「防御を固めよ。築壇修法を開始する」

＊

古坊中は混乱しきっていた。

景虎たちは古坊中に攻め込んだ。まるで突風のような勢いだった。

目標は八十八ある行堂《あんどう》の破壊だ。霊力のみで復活させた古坊中の行堂を、全て破壊する。

むろん、そこで修法を執《と》り行っている怨霊行者たちもろともだ。

「悪鬼懲伏《あっきちょうぶく》！」

勝長が毘沙門弓を引いて、行堂めがけて矢を放る。

「ナウマク・サンマンダ・ボダナン・インドラヤ・ソワカ！」

長秀が木端神《こっぱしん》を投げつけて、破壊する。

「阿梨《アリ》　那梨《ナリ》　㝹那梨《トナリ》　阿那盧《アナロ》　那履《ナビ》　拘那履《クナビ》！　〃《バイ》〃！」

晴家が攻撃してくる霊行者たちを《調伏》して走る。

「我に御力《おんちから》与えたまえ！　《調伏》！」

直江は鎧武者の群れをひとりで迎え撃った。

古坊中は激しく混乱していた。夜叉衆に次々と行堂が破壊され、逃げ惑う者、攻撃してくる者、入り乱れて騒然としている。まるで焼き討ちにあったかのような有様だ。

「あといくつだ！　とっつぁん！」

「あと四十五！」

「くっそ、まだそんなにあんのかよ！」

背中あわせになって愚痴りながら、長秀も勝長も《力《りょく》》を繰り出す。古坊中は、中岳の築壇のためのエネルギーを生む、いわば発電所のようなものだ。強力な結界を生み出しているのも、古坊中で修法を行う怨霊行者たちだった。

エネルギー源を断てれば、築壇は成らない。それが狙いだった。

「夜叉どもを討ち取れ！」

指揮を執るのは、滝川一益だ。鎧武者が矢を一斉に放った。夜叉衆は《護身波《ごしんは》》を張ってこれに耐える。

「この程度じゃ掠《かす》り傷ひとつつけらんねえぞ！」

長秀が叫んで《調伏》を繰り出す。織田は夜叉衆の進撃を食い止めることができない。

「滝川様！　古坊中の結界、滅力が著《いちじる》しく！　何者かから結界攻撃を受けております！」

「なんだと……ッ。普賢岳はまだ陥落しておらぬのか！」

「結界攻撃、続行中。このままでは全て削られます！」

馬鹿《ばか》な！　と一益は目を剝《む》いた。普賢神社にいる上杉方は、ごくわずかだったはずだ。

原城の軍勢に攻められては、ひとたまりもないはずだ。

（なのになぜ！）

景虎は古坊中から少し離れた草千里の駐車場にいた。

八海とともに、戦況を見守っている。

「織田が混乱しています。どうやら普賢岳の攻撃がやんでいないことに、ようやく気づいた様子」

「今頃気づいても遅い」

　景虎は冷静だった。冷静に罠《わな》を張っていた。

「原城の軍勢は動かん。もとより動くわけもない。まんまと偽《にせ》情報にのったな」

　織田の偵察隊を捕らえて、催眠暗示で虚偽《きょぎ》情報を与えることなど造作もなかった。偵察者が真実の情報を持って帰ってくるとは限らない。

「織田は信長ひとりに力を集めすぎた。信長は神になることにこだわりすぎた。それが怨霊の弱みだ。怨霊は生前の未練と執着から逃れられない。いくら未来を生きているつもりでも、魂を過去に握られているんだ」

「しかし、大丈夫でしょうか」

　八海が神妙な表情で言った。

「信長は産子根針のあの力で、普賢岳をピンポイント攻撃するのでは」

「発動できるなら、とうにやっている。だが、できない」

「その理由は」

「信長がいくら《神の雷《いかづち》》を落とそうとして力を集めても、普賢岳の壇によって散らされる。しかも築壇修法中は産子根針そのものが使えなくなる」

「だから、織田は直接、兵を差し向けようとしたのですね」

「そうだ。信長が産子根針を使えない、いまがチャンスだ」

この時を待っていた。産子根針を完全に封じるなら、築壇修法中の今しかない。茶筅丸が埋められて霊脈と繋がった途端、信長は再び産子根針を使えるようになる。その瞬間、信長は暗照大師の力を凌《しの》ぐことになる。

(そうなったら普賢岳も危ない)

「間もなく古坊中は陥落《おち》る。動くぞ。八海」

「はっ」

八海が運転席に乗り込み、景虎も乗り込んだ。

(いまは、ただ、信長を討つだけだ)

他のことは、もう何も考えるまい。

ただ一心に信長を倒す。そのためだけに生きる。

美奈子のこと、直江のこと、感情は飽和《ほうわ》した。

(信長を倒したら終わりにする)

それが答えだ。

初めから決めていたことだ。

美奈子にもらった時間とは、信長を倒すための時間だ。未来を生きる時間ではない。

そのために自分はまだここにいる。

またひとつ、古坊中の行堂が消えた。そそり立つ塔をひとつひとつ破壊して、破壊し尽くして。なにもかもを灰燼《かいじんき》に帰して。

(終わらせる)

直江たち四人が、声を合わせて、織田の鎧武者たちを迎え撃つ。

「南無刀八毘沙門天《なむとばつびしゃもんてん》、悪鬼征伐《あっきせいばつ》！　我に御力、与えたまえ！」

「《調伏》！」

炸裂《さくれつ》した白光が古坊中を飲み込んでいく。

あとは最後の一棟を残すだけとなった。その前に立ちはだかっているのは、滝川一益だ。

徹底抗戦も虚しく、夜叉衆の猛攻の前に軍勢は崩壊した。だが、最後の一棟を、一益は死守する。

「先に行け。長秀、直江、晴家」

前に進み出たのは、勝長だった。

「この男とはまだ決着がついていなかった。けりをつけたい」

「やられんじゃねーぞ。修理進《しゅりのしん》」

後は任せた、と言い残し、長秀たち三人は急ぎ、古坊中を後にした。

勝長と一益は正面から向き合った。

「……またまみえたな。色部勝長。この程度で勝った気になるなよ。山上にはまだ軍勢がいる。この古坊中もいくらでも復興する。冥界上杉軍を降臨させようが、信長公の《神の雷》のもとに一撃で粉砕《ふんさい》されるだろう」

「壇が完成したならば、な」

勝長は低く身構えた。

「だが、完成はしない。景虎が阻止する」

「我が主《あるじ》・織田信長公は神となる！」

「その神を《調伏》する」

「武将らしく、ここで散れ、色部勝長！」

「貴様を《調伏》する！　滝川一益！」

最後の一棟を前にして、猛然と襲《おそ》いかかる。ふたりの武将の一騎打ちになった。

閃光《せんこう》があがった。

結界が崩壊していく轟音《ごうおん》とともに、金色の光が大地に溢れだした。

第七章　ふたつの太陽

中岳《なかだけ》では産子根針壇《うぶこねばりだん》の築壇修法が始まっていた。

導師座《どうしざ》と呼ばれる壇には六王教《ろくおうきょう》の阿藤《あとう》親子が、中央の壇には信長《のぶなが》自身がついて、修法を執《と》り行う。かつて宮中で執り行われた際は、時の天皇が自《みずか》ら、壇についたと伝わる。

それらは「山上《さんじょう》」と呼ばれる火口壁にある真新しい護摩《ごま》堂の中で執り行われる。

周りを織田《おだ》の軍勢が取り囲む。武者は数千体はいるだろうか。霊光を帯びた軍旗《ぐんき》をなびかせて、いまにも戦《いくさ》が起こりそうだ。

「なんなんだ、この数。見たことねえぞ……」

古坊中《ふるぼうちゅう》が破壊されると同時に、一時的に結界《けっかい》も消滅した。敷地内に潜入を果たした夜叉衆《やしゃしゅう》だ。

中岳はいわば即席の山城だ。ロープウェーの麓《ふもと》側にある駅のあたりが大手門《おおてもん》、上にある火口西駅（第一火口付近）が本丸にあたる。

いま、ここにいるのは勝長《かつなが》を除く四人だ。

直江《なおえ》と晴家《はるいえ》と長秀《ながひで》は、景虎《かげとら》と合流し、岩陰《いわかげ》に身を潜《ひそ》めて、様子を窺《うかが》っている。警備の武者がうろうろしている。

「山城攻めなんて久しぶりすぎてやり方も忘れちまったな。《結界調伏《ちょうぶく》》でひとまとめに《調伏》したほうが早いぜ。大将」

だが、景虎は即座に却下《きやつか》した。

「織田の結界は多重結界だ。古坊中が張っていた外郭《がいかく》結界は消えたが、まだ山上の内郭《ないかく》結界が生きている」

外郭結界が上から巨大なドームをかぶせるものだとすると、内郭結界は、くぼみに湯を溜めるタイプだ。第一火口がある山上一帯はすり鉢状になっていて、そこに霊力を溜めることで結界となす。ダム形式の結界だ。

「《結界調伏》とは相性が悪い。異種力反発で裂けるのが関の山だ」

「つまり《結界調伏》はここじゃ使えないってことか」

ああ、と景虎はうなずいた。

「しかも本丸にあたる火口付近は巨大な鬼域結界と同じだ。通常の《調伏》も使えん。内郭結界を生み出しているのは、主壇を補佐する副壇だ。そこを落とさない限り、厳しい」

「普賢岳《ふげんだけ》から遠隔攻撃させてはどうですか」

と直江が提案した。だが、景虎は難色を示した。

「湖底に銃弾を撃ち込むようなものだ。効果は期待できない。遠隔攻撃はここぞの一発のために温存しておく。それより副壇を潰《つぶ》して水を抜くのが早い。上空からの地図だ」

と景虎が手書きの地図を広げて、皆に見せた。《剣の護法童子《ごほうどうじ》》を飛ばし、その目を通して景虎自身が偵察した。ここからは見えない火口付近のおおまかな配置図が記されている。

「いま生きている第一火口の他に、すでに噴火を終えた火口痕《かこうあと》が第七火口まである。それぞれの火口内に四つの建物が確認できる。主壇と、それをサポートしている副壇だろう」

「ここを襲《おそ》うのか」

「オレが大手門から攻め入って敵の目を引きつけている間に、おまえたちは北側登山道をあがれ。副壇を襲撃して内郭結界から霊力を抜く。攻め込むまでの段取りは――」

手順の確認をする景虎を、直江はじっと見つめている。肉体は美奈子《みなこ》のものだが、こうして振る舞う景虎は「景虎」そのものだ。

つくづく人間というものは中身なのだ。景虎独特の表情、仕草、癖《くせ》、口調、言葉……人間を形作るものとは、その人間が表すもののことだ。外見よりも雄弁にその人物を語る。

(だが、このひとの中には、美奈子の記憶がある)

成人換生《かんしょう》だ。同じ脳を使っていれば記憶は自然と流れ込む。それを抑えるのが大変だ。美奈子の人格に影響されて、景虎自身に変化が起こることもあり得る。

強烈な記憶ほど入ってきやすい。自分が美奈子にした卑劣《ひれつ》な行為も、包み隠さず景虎には伝わっただろう。やましいことはすべて。

景虎と美奈子は、ある意味、一体になったのだ。

直江の罪を共有する被害者として。

「段取りは以上だ」

景虎は粛々《しゆくしゆく》と作戦を進める。女の肉体であるハンデは、少なくとも今の景虎にはないようだった。まして妊娠中の身であることも。

「陽動を、あなたひとりで請け負うつもりですか。いくらなんでも無茶です」

「なんのために力を温存してたと思う」

景虎が冷ややかな目で言った。美奈子の顔で冷たい眼差《まなざ》しを向けられるのは、心臓《しんぞう》に悪かった。

「…………。むろん信長を討つためです」

「わかっているのなら、くだらんことをいちいち口にするな。織田のトラップに気をつけろ。鉄二《てつじ》のように『魔王の種』を埋められた者が他にいるかもしれん」

鉄二は美奈子に撃たれたきりだ。直江たちは安否《あんぴ》を確認するどころではなかった。生きていても動けるような傷ではないだろうが、他にも分身がいる恐れがある。

「《吸力結界》にも警戒しろ。堂内に立ち入る時は必ず外にひとり残して入れ。我々の標的はあくまで信長だ。他は目もくれるな。おまえたち三人は連携して迷わずに主壇を襲え。以上だ。八海《はっかい》、援護は頼む」

景虎はよどみなく、行動に移す。

直江を一瞥《いちべつ》することもなく、そのわきをすり抜けていく。一度のアイコンタクトもなく。ふたりを結んでいた、目に見えない何かが、決定的に断たれたことを、直江は思い知らされた気がした。

まるでザイルが切れた登攀者《とうはんしゃ》のようだ。

宙づりの状態からザイルは切れた。そんな絶望感だ。みるみる景虎の姿は遠ざかり、自分だけがどこまでもどこまでも落下していく。

心は墜死《ついし》したも同然だ。

「直江」

晴家が腕を摑《つか》んで我に返らせる。直江は苦しい表情でうなずいた。

景虎が結んだ「信頼」という名のザイルを自ら断ったのは、他でもない、自分自身だ。失ってから、景虎のあの言葉が真実だったと知るのは、皮肉なことだった。疑って疑って疑心暗鬼《ぎしんあんき》になって自爆したのだ。失わねば見えなかったものを見るために失ったのだとしたら、それはなんという愚《おろ》かさだろう。

喪失感《そうしつ》に立ち尽くす。

（それでもあなたの背中を追う以外に、俺に何ができるだろう）

戦いの中でしか、もう繋《つな》がりを持てなくなってしまったのだとしても。

心のザイルが完全に切れたのだとしても、自分がなすべきことはただひとつだ。

直江は顔をあげた。

中岳の火口からは、不気味な地鳴りが響き続けている。

＊

「なんだと！　上杉《うえすぎ》夜叉衆が現れただと！」

森蘭丸《もりらんまる》は報告を聞いて声を荒げた。

中岳山上の本陣で指揮をとっていた蘭丸は、古坊中壊滅の報に耳を疑ったばかりだった。八十八の行堂《あんどう》が全《すべ》て破壊されるとは、予想だにしていなかった。滝川一益《たきがわかずます》率いる軍勢も歯が立たなかった。上杉の戦力がいっこうに落ちていないどころか、今まで以上に高まっていることに衝撃を受けたばかりだ。

伝令はひざまずいたまま、悲痛な声で訴えた。

「凄《すさ》まじい勢いで攻め込んできた者の中に《調伏刀》を振るう女がいると……！」

（景虎だ……っ）

蘭丸にはすぐにわかった。換生したばかりではなかったのか。とても戦える状態ではないはずだ。

護摩堂では今まさに修法の最中だ。一度始まってしまったら、信長は成就するまで絶対に出てこない。

「奴《やつ》らに殿の邪魔《じゃま》はさせるな。所詮《しょせん》は肉体持ちの換生者だ。長い時間は動けぬ。攻撃は数で押して執拗《しつよう》に畳《たた》みかけよ。気力体力尽き果てるまで戦わせてから一息に仕留めろ！　夜叉衆はひとりもここへ近づけるな！」


中岳の麓にいた織田の軍勢を乱したのは、景虎の無謀《むぼう》な単騎突入だけではなかった。

たくさんの天部《てんぶ》たちだ。

甲冑《かっちゅう》をまとう四天王が出現して、軍勢に一斉攻撃をしかけてきたのだ。

それればかりではない。暗照大師《あんじょうだいし》の投念によって修行僧が何人も出現し、撹乱《かくらん》しながら攻撃をしかける。鎧《よろい》武者たちが刀を振り上げ、槍《やり》を握り、戦いを挑むその光景は、まるで戦国時代の戦場そのものだ。鉄砲が響き、怒声が響き、刃《やいば》が闇《やみ》に閃《ひらめ》く。

「ひるむな！　撃て――！」

指揮をとるのは佐久間盛政《さくまもりまさ》だ。

景虎はあえて派手《はで》に振る舞って、敵の目を引きつける。妊娠中の身であることを思わせない、凄まじい戦いぶりだ。しかし鍛え上げた肉体というわけではない。男の身である時のようには戦えないもどかしさを覚えながら、それでも念と《護法童子》を駆使して、敵を倒していく。

「景虎！　無事か！」

そこに追いついたのは勝長だった。古坊中から駆けつけたところだった。勝長は錫杖《しやくじよう》を振り回して敵を薙《な》ぎ払い、景虎をかばった。

「遅くなった」

「一益は」

「《調伏》した。と言いたいところだが、決着がつく前に連中は撤退した。織田はこっちの守りを固めるつもりだ。直江たちは」

「山上へ。そろそろ突入の頃合いです。ここを任せてもいいですか」

「ああ、おまえは行け。信長のところへ」

はい、と言うや否《いな》や、景虎は身を翻《ひるがえ》し、火口への登山口へと走った。勝長は攻めかかってくる鎧武者を相手に《調伏》を開始する。

「南無刀八毘沙門天《なむとばつびしやもんてん》！」

景虎たちの陽動は功《こう》を奏《そう》した。

麓での乱戦によって山上の兵も動かざるを得なくなった。手薄になったところをついて、直江たちは中岳火口の東側斜面の上に回り込んだ。

荒涼としたガレ場だ。

中岳火口群を囲む急峻《きゅうしゅん》な壁が、東から南にかけて、ぐるりと囲んでいる。直江と晴家と長秀がいるのは、その一番高い場所だった。背後には中岳の頂上が迫り、黒い山塊《さんかい》がのしかかってくるようだ。遙《はる》か東には高岳《たかだけ》、さらに向こうに根子岳《ねこだけ》のでこぼこした稜線《りょうせん》が横たわる。

景虎たちがいるロープウェー駅とは火口を挟んで反対側になる。切り立った崖《がけ》になっていて、眼下には噴煙《ふんえん》をあげる第一火口と旧火口群が見下ろせた。

急峻な道なきガレ場をへばりつくようにしてあがってきた三人は、息があがっている。

眼下には、あちらこちらに篝火《かがりび》が焚《た》かれている。織田の火口本陣の様子も手に取るようにわかった。

「さすがにこっちは手薄になってきたな。いい物見台ってとこか」

長秀が言った。そばには晴家と直江がいる。

「御池《みいけ》とはよく言ったものね。まるで霊力ダムだわ。二、三、四……。ここから見える護摩堂は全部で四。そのうちのひとつに信長がいる」

「警備が多いのは、第一火口近くの、あれが主壇か」

建物の作りも豪奢《ごうしゃ》だ。茶筅丸《ちゃせんまる》はあの地下に埋められる。

長秀は、ち、と舌打ちした。

「こんなところに勝手に建物なんか建てて。自治体の許可とってんのかよ」

「それよりも、また噴火でも起きたら、たちまち噴石《ふんせき》で壊されそうなものだがな」

と直江が言った。実際、中岳は去年、大規模な噴火があったばかりだ。

「建物が噴石で潰されても、産子が埋められるのは、地下だわ。あまり関係がないのかもね」

「堂内には《吸力結界》が張ってある可能性が高い。俺と直江が飛び込んで、晴家は外で待機。もし結界があった際は」

「わかってるわ」

と晴家が胸元から札を取りだした。結界裂破《れっぱ》の呪符だ。

「隠形《おんぎょう》でいくぞ」

三人は摩利支天《まりしてん》隠形法を行った。陽炎《かげろう》をまとって自らの姿を隠す。他者からは姿を見られることなく行動するというものだ。

夜陰《やいん》に乗じて東側斜面を降り始めた。

「すごい波動だ」

直江たちの体にもまともに伝わってくる。信長がいままさに執り行っている修法だ。ここから数百メートルは離れているというのに、まるで至近距離で大きな太鼓《たいこ》を打ち鳴らされているかのようだ。

これが霊脈に楔《くさび》を打つ産子根針法だ。楔というより注射針か。霊脈そのものの巨大さが、この場にいると嫌でも感じられる。大地を相手にするかのような、桁違《けたちが》いのスケールだ。

「これ以上近づくのはきついな。おい晴家、大丈夫か」

「待って」

突然、晴家がストップをかけた。

「何かが変」

「何かがって」

「わからない。でも、何かが変」

晴家は素早く物陰に隠れ、いま来た道のほうを窺った。長秀と直江も後に従い、斜面にへばりつくようにしながら、晴家が警戒しているほうを見る。

「景虎！」

目に飛び込んできたのは、織田の兵に捕らわれた「美奈子」の姿だ。体を縄で縛られて、数名の兵に取り囲まれ、火口壁のふちをどこかに連行されていく。

「景虎様……ッ」

と直江が飛び出していきそうになったところを長秀が止めた。口まで押さえられた。いくら隠形法で身を隠していても不用意に叫ばれてはまずい。

「あのばか。捕まっちまったのかよ……っ」

「非常事態だ。長秀。手をはなせ」

「！　……まずいわ、長秀」

晴家の鋭い声に、長秀たちも振り返った。連行されてきた景虎が、火口壁のそばに座らされ、周りを兵で囲まれている。手にはめられているのは霊枷《たまかせ》だ。抵抗できない景虎に、真後ろから銃が向けられている。

(銃殺する気か)

一刻の猶予《ゆうよ》もなかった。直江は突き動かされるまま飛び出し、景虎を捕らえている男たちめがけて突進していく。念で一気に薙ぎ払った。

「景虎様!」

「危ない、直江!」

叫んだのは晴家だった。直江を銃が狙《ねら》っている。男たちを念で撃ったのは長秀だ。晴家も駆け出し、たちまち織田の兵たちと乱闘になった。

「大丈夫ですか!」

直江は景虎を背にかばって応戦しながら、景虎の霊枷をはずそうとした。

「いますぐ自由に……、え?」

直江の手が景虎の体をすり抜けた。

目の前にいる景虎の姿は、次の瞬間、砂像のように崩れ落ちていく。長秀や晴家と戦っていた敵も不意に実体を失って、同様に消え始めた。まるで蜃気楼《しんきろう》だ。気がついた時には、三人の周りには何もおらず、霧のようなものが立ちこめている。

「なんだ、これは……ッ」

「いったい、何が」

不意に上体から血液が下がるような感覚がした。立ちくらみでもしたように膝《ひざ》から力が抜けそうになり、慌《あわ》てて足を踏ん張ったが、地面に体中の《気》が吸われていくような、異様な感覚に襲われた。

（まずい）

長秀には覚えがある。月山《がっさん》で同じ状態に陥《おちい》った。

（まさか）

『……網にかかったのは、夜叉三匹か』

霧がゆっくりと晴れていく。その先に人影がある。

信長本人ではないか。

そばには武装した六王教の信者を従え、口元に薄笑いを浮かべて、三人を見つめている。

「貴様……、なんでここに！」

火口の護摩堂で修法の最中のはずだった。

すると、信長はにやりと残忍そうに笑って、三人を見据《みす》えた。

『投念は、闇の弘法大師《こうぼうだいし》だけの技だと思うか』

ここにいる信長は実体ではない。

石太郎《いしたろう》が、新橋《しんばし》の料亭や織田邸で謙信《けんしん》を出現させたのとまったく同じ技を、信長もまた会得していたのだ。

『安田《やすだ》長秀、柿崎《かきざき》晴家、そして直江信綱《のぶつな》。……ふん、景虎はおらぬか。運のいいことだ』

「ふざけないで！」

晴家が信長めがけて念を撃とうとした。が、妙な違和感に出鼻を挫かれ、手が止まった。武装信者が銃を向けてくる。晴家が悲鳴をあげた。一発の銃弾が晴家の腹を撃ち抜いたせいだ。

「晴家！……きさま！」

直江が反撃に転じ、念を撃ち込――つもりだった。何も起きない。思わず手を見る。念動力が使えない。まるで銃弾のない銃を空撃ちしたかのような感触だった。

「ばかな！……〝𑖪𑖹《バイ》〟！」

印を結んでも効果がない。一切の《力《りょく》》が……法力も使えなくなってしまっている。

三人は蒼白になった。自分たちがはまった罠の名にようやく気付いたのだ。

（《吸力結界》……）

信長は微笑《ほほえ》んでいる。

『長いこと、我らの手を煩《わずら》わせてくれた。だが、そろそろ終わりの時がやってきたようだ。こざかしくも勇猛な、夜叉どもよ。この信長とよう戦うた。おぬしらのことは忘れぬ』

「うそよ！」

晴家が絶叫しながら、半狂乱になって念を撃つ。しかし、小石のひとつも砕くことができない。念で相手を吹き飛ばすこともできない。

「冗談じゃねえ……冗談じゃねえぞ、信長ああっ！」

長秀も信長の虚像《きよぞう》めがけて闇雲に念を撃ち込むが、虚《むな》しい抵抗だった。いくら《力》を発しているつもりでも、空気ひとつ動かせない。結界に力を吸われて何もできない。

織田は周到だった。

月山で一度《吸力結界》にはめられた長秀たちが、あらかじめ警戒することをわかっていて、罠《わな》を張ったのだ。「景虎が捕まる」幻《まぼろし》を見せて、おびきよせ、ガレ場に仕掛けた《吸力結界》に三人を閉じ込めた。結界に必要な呪詛《じゅそ》石は、ガレ場の小石にまぎれこませてしまえば、そこにあることもわからない。

「ばかな……っ。うそだろう」

鳥かごの中に閉じ込められたも同然だ。逃げようとしても、そこには見えない壁が立ちはだかっている。完全に閉じ込められた。

打開する方法がなにひとつ浮かばない。

「くそったれええ！」

長秀が持参した拳銃《けんじゅう》を撃ちまくるが、信長の虚像は銃弾をも柔らかく受け止めて、ほろほろと落としてしまう。

信長は悪意に満ちた微笑を薄く浮かべていたが、ふと晴家を見て笑みを消した。

『マリー……。残念だ』

「……しんちゃん……っ」

『所詮、おまえは美しい幻だった。夢の時間は終わった』

信長がこちらに掌《てのひら》を向ける。

長秀も晴家も、息を呑《の》んだ。直江も最期《さいご》の瞬間を覚悟した。

(景虎様……！)


三人が最期に見たものは、信長の微笑みだった。

次の瞬間、彼らの肉体を容赦《ようしゃ》ない念攻撃が襲った。

至近距離で機関銃を乱射されるような、常軌《じょうき》を逸《いっ》した念攻撃だった。肉を裂き、肉を貫《つらぬ》き、果てしなく続き、どこまでも続き——。

虐殺《ぎゃくさつ》は、凄惨《せいさん》を極めた。

そこにあった三人の体が『人間だったものの残骸《ざんがい》』と成り果てるまで、執拗に続いた。

＊

景虎はその時、すでに中岳火口のすぐ近くまで来ていた。

その瞬間、脳裏《のうり》を思念波ですらない何かが、貫《つらぬ》いた。

景虎は立ち止まった。

（――直江……？）

どこか遠くで、誰かの絶叫を聞いたような気がした。

不穏な感覚に体中を染め上げられ、ぞわっと全身の毛穴が開き、いてもたってもいられなくなった。地獄《じごく》の底から阿鼻叫喚《あびきょうかん》にまみれた何かが溢《あふ》れだしてきて、一気に頭から飲み込まれた気がした。不吉きわまりない感覚に震えが止まらなくなった。

「うそだ……直江……直江なのか。……！」

死んだ。

直江がいま、死んだ。

理屈ではなかった。景虎にはわかった。

いま、笠原尚紀《かさはらなおき》の肉体が死んだとわかった。たった今。

「ああ……あああ……ああああ」

うめくように頭を抱え、景虎はしゃがみこむ。直江だけではない。晴家と長秀も。三人もろとも死んだ。一度に死んだ。

肉体がもつ気配は、魂《たましい》の気配ともちがう。心臓の鼓動《こどう》が脈動を生むから、それがやむまでは波動が伝わる。穏やかな死ならば、すーっと消えていく。だが、それは断末魔だった。ずたずたにされバラバラにされ、猛烈な苦悶《くもん》の中で肉体が破壊されていく。

「あああ……うあああああ！」

絶叫してうずくまる。凄惨な死の断末魔が押し寄せて、景虎の精神まで押し流す。

恐怖と苦悶と衝撃の中で死んでいった。たった今……たった今！

「直江、どこだ！　直江えええええ――っ！」

景虎は錯乱《さくらん》したように叫んだ。信長のしわざだ。信長による虐殺だ。でなければ、こんな断末魔にはならない。景虎は髪を振り乱して叫んだ。だがまだ恐怖は続いている。本当の死が迫っている。《破魂波《はこんは》》だ。

「逃げろ、直江！　オレのことはいいから、ここを離れろ！」

景虎は激しく腕を振って追い払うようにしながら、わめきちらした。

「オレを護《まも》ろうとなんてしないでいい！　逃げろ、逃げろ直江えええッ！」

絶叫した景虎は、天を仰《あお》いで、力尽きたようにへたりこんだ。

荒涼とした火口原《かこうげん》には、冷たい風が吹きすさぶ。噴煙が星を隠し、肌を切りつけるような、凍《い》てつく寒風が吹き続けている。

景虎の目からは、血の涙が流れている。

(信長)

（もう、わかった）

景虎の全身から、凶暴なオーラが立ち上った。

（全部殺す）

＊

その異常な混乱は、麓で戦っていた勝長にも感知できた。

鎧武者たちを相手にしていた勝長は、戦国時代の戦場に戻ったような獅子奮迅《ししふんじん》ぶりだったが、山の上のほうから感じたものは、いままでに感じたことのない異常なものだった。

軍医をしていた時に戦地で味わった切迫感に似ていたが、爆弾も爆撃もここにはないのに、凄まじい死の気配が押し寄せてくるのを感じた。

火口壇から溢れてきたのは、無数の悲鳴だ。

やがて爆弾が落ちたかのような轟音《ごうおん》が立て続けに起こり、そこに溜まっていた霊気が蒸気となって溢れだし、土砂を巻き込んで火砕流《かさいりゅう》のように襲いかかってくる。

「おい、なんだ！　なにが起きてる……！」

勝長にも意味がわからない。戦地にいた時に身につけた条件反射で咄嗟《とっさ》に身を伏せたが、鎧武者たちは押し流されてそのまま戻ってこなかった。

「景虎……おい、景虎どこだ！」


景虎は火口群にいた。

そこは火の海と化していた。

まるでナパーム弾の炎で舐《な》め尽くされたような、地獄の光景が広がっている。

副壇は全て破壊した。

たったひとりで破壊した。

「……かげ……とら……」

蘭丸は瓦礫《がれき》に押し潰されて、身動きがとれない。

それは悪夢のような時間だった。景虎はありとあらゆるものを破壊して、留まるところを知らなかった。逃げるものを背後から攻撃し、憑坐《よりまし》を殺すこともためらわなかった。そこにいた数十人の信徒と憑依した霊が犠牲になった。見境がなかった。

（……悪鬼《あっき》だ）

蘭丸はいまようやく思い知ったのだ。

景虎というものの本質を。正体を。

本物の悪鬼羅刹《らせつ》というやつだ。破壊と悪意のかたまりだ。それらを使命などという薄い膜一枚の下に隠していただけのことだった。こんなものを相手にしていたのか。呪《のろ》いと怨《うら》みの権化《ごんげ》だ。この凶暴さに正義などと名札をつけて四百年も人の世に野放しにしていたのか。

（殿……、蘭丸は今の今まで、見誤っておりました……）

（この者は……織田のみならず、すべての人間が滅ぼすべき敵、にございまする！）

紅蓮《ぐれん》の炎が逆波《さかなみ》となって暴れながら、辺り一面を覆《おお》っている。まるで火焔《かえん》の咲き乱れる原野だ。彼岸花《ひがんばな》の群れを思い起こさせた。

その真ん中に、景虎は立っていた。

熱風に髪をなびかせ、凶暴な眼を見開き、信長のいる主壇を見据えている。

怨霊《おんりょう》大将と呼ばれていた、あの頃の景虎だ。悪意を剝《む》き出しにした景虎だ。

「……ろ…ボす……」

景虎の乾いた口が呟《つぶや》いた。

「ほろぼす……ノブナガ」

景虎はゆっくりと印を結んだ。

剣印《けんいん》を結んだ指を前方に差し伸べ、虚空《こくう》に梵字《ぼんじ》を描き始める。指が辿《たど》ったところには光跡が残る。無数の種字《しゅじ》だ。延々と増えていく。描き出されたのは種字でできた金剛界曼荼羅《こんごうかいまんだら》だ。

書き上げた景虎は、精神を統一し、徐々に波動を高めていく。景虎の体から金色のオーラが立ち上る。すかさず精神波によって曼荼羅の中央に鋲《びょう》を打つように「星」を撃ち込んでいく。

北斗七星《ほくとしちせい》だ。

それぞれの星は周波数を持っていて、その周波数に合わせた精神波を曼荼羅に撃ち込む。秘密の周波数を知るのは、冥界《めいかい》上杉軍の大将だけだ。それが扉を開ける鍵《かぎ》だからだ。

景虎の唇《くちびる》がゆるやかに金色の光を帯び始める。六甲秘咒《ろっこうひじゅ》と呼ばれる呪句《じゅく》を唱《とな》える。囁《ささや》くように唱えていた呪句は、淡い光となって、刀剣印を結んだ指先に火移しのように灯《とも》る。

景虎の指先が音をあげて燃焼し、青白い炎を噴《ふ》き上げた。

大きく目を見開いた。

「ダクコウインショウグンコレヲツタウ！」

虚空に九字《くじ》を切る。

鋭く縦横に空間を切る。「臨兵闘者皆陣列前行《りんぴょうとうしゃかいじんれつぜんぎょう》」を意味する碁盤目状の呪図だ。九字切りした光跡は、闇の中に赤く残る。その中央に北極星がある。景虎は指先を向けた。

「九字をもって無明《むみょう》冥界の扉となす！　我、軍神より守義の命を授かりし者！　上杉謙信が名のもとに、我、光明の道を通し、眠りたる魂魄《こんぱく》全徒へ、覚醒《かくせい》を命ず！」

その声に反応するように、曼荼羅と北斗七星と九字が、強い光を放った。

満を持して、景虎は宣言した。

「発動せよ、冥界上杉軍！　義の列をなして、悪鬼怨敵《おんてき》、破るべし！」

指先に丸い光が高まっていき、張力ぎりぎりまで膨張《ぼうちょう》しきったその瞬間――。

景虎は虚空めがけ、撃ち放った。

「行！」

北極星をめがけ、一筋の光線が放たれる。

それは、麓にいた勝長の目にも見えた。

「あれは！」

闇に浮かび上がる巨大な種子曼荼羅が、ゆっくりとふたつに割れていく。

「開扉法《かいひ》……ッ。まさか、景虎！」

勝長は叫んだ。

「降臨《こうりん》させるのか、景虎！」

曼荼羅は真ん中から裂け、そこからまばゆい光が漏《も》れてくる。

それは冥界に至る扉だった。

景虎は禁断の扉を開いたのだ。冥界上杉軍をこの世に呼ぶ道を通すために。

毘沙門天の真言《しんごん》が、あたり一帯に響き始める。

まるで海鳴りのように低く、大群衆の唱える真言が、扉の向こうから押し寄せてくる。津波のように溢れだしてくる。

扉の向こうに、冥界にいる上杉の軍勢が現れた。真の上杉軍団だ。

無数の騎馬と無数の兵が群れをなしている。金色にはためくのは「毘」の軍旗だ。金色の軍団が中空からこちらを見つめている。北門の扉を開いて軍神の兵たちが降りてくる。

こちらに向かって行軍を開始しようとした。

その時だった。

地面から火球めいたものが撃ち放たれたのは。

「！」

景虎の視界に飛び込んできた、炎の帯をひく光の塊《かたまり》は、火口からミサイルのように打ち上がり、一瞬のうちに曼荼羅の扉を直撃した。

天空に閃光《せんこう》が広がった。

直後、凄まじい爆風が起こり、天の曼荼羅が粉々になって消し飛んだ。その直下にいた者たちは、猛烈な衝撃波をまともにくらって地面に押し潰された。

勝長が次に顔をあげた時には、もうそこには扉はない。空には光の残骸のようなものが散乱し、北極星の周辺でゆるく渦を巻いている。

（破られた……のか）

勝長は目を疑った。

（冥界への扉が……破壊された）

降臨は阻止《そし》された。誰の仕業であるかは、火を見るよりも明らかだった。

扉の残骸が雪のように天から降り注《そそ》ぐ。その真下に佇《たたず》んで、景虎を見つめている男がいる。

「……信長……」

「……」

護摩堂から現れた信長は、悠然《ゆうぜん》と、景虎に対峙《たいじ》した。

表情には薄笑いすら浮かべている。

やがて扉の残骸は溶けるように消えていき、空には闇が戻ってきた。地面を這《は》う炎が、夜風にあおられる。聞こえるのは燃焼音と、火口の低い唸《うな》りだけだ。

「産子根針……」

景虎がうめくように言った。

冥界への扉を破壊したのは、信長の「産子根針法」の力だった。

すでに阿蘇《あそ》の築壇は完成したのだ。修法は成就した。茶筅丸は再び埋められて、阿蘇の霊脈は、信長が自在に扱えるようになっていた。

「惜しかったな。景虎」

信長は微笑んでいる。景虎は無念を目にこめ、獣《けもの》のように睨《にら》みつけた。

冥界上杉軍は《調伏》のための軍団だ。彼らが振るう力は、毘沙門天と直結していて、さしずめ夜叉衆が千人に増えるようなものだ。あらゆる怨霊に対して無敵の威力を誇る。

千人の夜叉衆相手では、信長も勝ち目はないと思ったのだろう。

「だから恐れていたわけだ。謙信公を」

景虎は構えを解かない。

「《神の力》を手に入れたかったのは、己《おのれ》が《調伏》される恐怖から逃れたかったからだ。ちがうか」

「この地で冥界上杉軍を発動するとは……。自殺行為だな。景虎」

ここは中岳だ。活動中の噴火口がすぐそばにある。

莫大《ばくだい》な霊的質量をもつ上杉軍団を降臨させれば、必ずや、中岳の地中も刺激する。かつて御《お》嶽山《たけさん》で降臨させた時も、噴火を誘発した。阿蘇は活動中のこともあり、より危険が大きい。

「もろとも死ぬつもりだったか」

「あいにくだが、おまえと心中するつもりはない。消えるのは貴様だけだ。信長」

信長は目を伏せて微笑み、舐めるように景虎の姿を見た。

「……女の姿になっても、傲慢《ごうまん》な口のきき方は変わらんな」

「……………」

「夜叉とは、よう申したものよ。むごいものだな、己《おのれ》の女に換生させられるとは。直江信綱と申したか、あの男。主人を、主人の女にためらいもなく換生させるとは、なかなか見上げた肝《きも》の太さである。貴様には勿体《もったい》ない家臣だ」

「黙れ、信長」

「だが、もう肉片となってしまっては、これから死ぬ貴様を換生させることもできまい」

景虎は息を呑み、たちまち憤怒《ふんぬ》をあらわにした。

「貴様……」

「あえなき最期だった。力も使えぬ檻《おり》の中で、ろくに抵抗もできず、我が念力によってミンチにされた恐怖はいかばかりだったろうな」

三人に断末魔をもたらした凄惨な虐殺は、その言葉で容易に想像ができた。こみあげた怒りで景虎の顔は青白くなり、こめかみの血管が震え、平静を保っているのも困難なほどだった。

「すぐに同じ目にあわせてやる……」

「次は貴様だ、景虎」

信長が掌に力を集める。再び産子根針の力を生み出そうとしている。

景虎はじっと信長を凝視していたが、やがて、右手を目の高さにあげた。

それが何を意味するのか。信長にはわからなかった。

ゴッ！　と頭上から何かがうなりをあげて迫ってきたのは、ほんの数秒後のことだった。

「なに」

振り仰ぐと、西の空の一点に輝点《きてん》が現れ、あっという間に大きくなっていく。

「！」

信長は息を呑み、無心で《護身波《ごしんは》》を張った。西から飛んできた巨大な火球は、見事に信長を護摩堂ごと直撃した。

「うおおおおおおお――――ッ！」

信長は耐える。衝撃波が景虎にまで及んだが、強く踏ん張って目を見開く。悪魔のような眼差しで見つめている。

「きっさまあああああ！」

「肉片になるのは貴様だ。信長」

その眼は残忍に見開かれている。

「これがオレからの引導だ。受け取れ！」

普賢岳から撃ち放たれた霊脈牽引《けんいん》法の力だ。暗照大師による一撃だった。

巨大火球のような力の塊に圧倒され、これを防ごうとしていた信長がついに膝をつく。なおも普賢岳からの攻撃は膨れあがり、信長を押し潰そうと強まっていく。

「暗照……きさまあああ」

闇の弘法大師と呼ばれた男の、これが真の力だった。歯を食いしばった信長の口から、血が溢れる。食いしばるあまりに奥歯が粉々に砕け飛んだのだ。

「終わりだ、信長！」

景虎も念を撃ち込もうと振りかぶる。その瞬間、だしぬけに背後からまともに念を撃ち込まれて、地面に転がった。

「き、さま……ッ」

「させん、上杉」

蘭丸だった。重傷を負っていたが、鬼の形相で立ち上がり、景虎めがけて必殺の一撃を加えようとした。が、景虎の攻撃が一瞬早かった。蘭丸は頭から血を噴いて、絶命した。

信長の抵抗も限界に達している。

「うおおおおおお！」

火口壁が崩れ始める。足元が陥没《かんぼつ》し始める。

地鳴りが起こり始め、火口底から噴き上がる蒸気が激しくなってきた。

「いかん、景虎！」

勝長が叫んだ。山頂付近から土砂が崩れ始め、勝長たちの足元にも大きな亀裂《きれつ》が入り始めた。このままではここも危ない。織田の兵も六王教の信者も次々と逃げ出していく。

「うおおおおお――――ッ！」

地面が大きく盛り上がった。信長の咆哮《ほうこう》があたり一帯に響き渡った時、産子根針の力がこみあげて、普賢岳の火球と真正面からぶつかりあった。

衝撃波が巻き起こった。

景虎は地に伏せて耐えた。土砂が激しく舞い上がり、無数の礫《つぶて》となって地面に叩《たた》きつけてくる。衝撃波が生んだ渦状の蒸気が中岳の上空に立ち上る。

（やったか……ッ）

《護身波》を張って耐えきったあとで、景虎は、目を疑った。

土砂の落下がようやくやみ、砂埃《すなぼこり》が晴れてきた向こうに、ボロボロになった信長が膝をついている。死んでいない。まだ生きている。だが護摩堂は破壊され、剝き出しになった宝塔《ほうとう》からは茶筅丸の小さな腕だけが覗《のぞ》いている。その手から小さな石がこぼれていた。

「ク……ククク……ははは……ハハハハ！」

身につけた装束《しょうぞく》も引き裂かれ、血だらけになった信長が、声をあげて笑い始めた。

「見たか、闇弘法！　貴様ごときの力でこの信長を止められると思うたら、おおまちがいだ！」

(普賢岳の壇がやられた)

暗照大師の思念波が途絶えた。

信長の返り討ちにあって、壇ごと破壊され、石太郎も命を落としたとわかった。

同時に阿蘇の壇も破壊された。根針壇は壊され、茶筅丸も死んだ。信長が握っていた九州の霊脈も、手から離れたことになる。

仏性石《ぶっしょうせき》を生んだ信長の息子たちは、これで全員、死亡した。

──弥勒《みろく》を生め。

──弥勒だけが、魔王を。

(ああ。だが弥勒には頼らない)

景虎はゆらりと立ち上がって、再び体に《力》を満たし始める。

血走った目を見開いて、軋《きし》む体を必死の思いで支えながら、腹に手をあてて力をこめた。

（魔王はこの手で討つ）

「これでもう、わしとおまえだけだ」

信長は朦朧《もうろう》とした眼差しで言い放った。

「産子根針も冥界上杉軍もここにはおらぬ……。ここにおるのは、ただの、わしとおまえだけだ」

「ああ……。ただの、オレと貴様だ」

ゴオゴオ……と火口底が不気味な音をあげている。地熱が急上昇している。

地下でマグマが急速にせりあがってきているのを、全身で感じた。

「結局……これが、我が運命というやつだ。景虎。どこまでも相容れることのない。力でしか語り合えぬ」

「いいや、こんなものは語り合いじゃない」

「なぜ、貴様はこうまでして死の先の生を受け容れぬ」

肩で息をしながら、信長は問いかけた。

「死者の征伐《せいばつ》が己の存在意義だからか。存在意義などというものを、持って生まれてきた者はおらぬ。そんなものは、己の意志で生み出すものだからだ」

「それは人生が一度きりの人間だけの特権だ」

景虎は一瞬も目をそらさずに言い返した。

「他人の肉体を奪って生きる者に、存在意義の自由などありえない」

「罪の口実か。国家が人殺しを許す戦争みたいなものだな。貴様は、人から肉体を奪う責任を誰かに押しつけたいだけだ。自由意志をもつ勇気がないのだ」

「ちがう」

「それが貴様の弱さなのだ、景虎。自らが犯した罪。意志によって犯した罪。死んでなお生きることが自らの意志である者は、罪を背負うことを恐れぬ。罪を背負うことが、生きるということの本質だからだ」

信長はきわどい笑みを浮かべながら、景虎に言い放った。

「おのれの罪を——できぬ理由を、誰かのせいにしている限り、おまえは自立からは程遠い。真の独立からは程遠い。己の足で立てぬ者には、牧柵《ぼくさく》の先の世界へと踏み出すことなどできぬのだ」

「そうやって貴様が壊そうとするものが、全ての人間を幸福にするとは思えない」

景虎は憤《いきどお》りをこらえながら、言い放った。

「おまえは革命者なんかじゃない。ただの破壊者だ。強者の論理で自由を語ったところで、幸福を享受《きょうじゅ》できる者は、ほんの一握りだ。オレはそういう者のためには戦わない」

「では誰のために戦う」

「貴様のようになれない人たちのために戦う」

信長は目を瞠《みは》った。景虎の全身から強い気炎《オーラ》が立ち上る。それはみるみる噴きだしていって、ひとつの燃えさかる火焰になった。

「……そういう連中は、いずれ貴様など裏切るぞ」

「そういう連中の気持ちが、おまえにだってわかる時があったはずだ。朽木《くちき》という男の目で生きていた時、痛いほどわかっていたはずだ」

——俺は、何も思い出したくない……このまま、レガーロのボーイのまま暮らしていきたい。朽木慎治《しんじ》として、ただの用心棒として。マリーの歌を毎日聴いて、社長のもとで働いていられれば、それで充分なんだ。助けてくれ、加瀬。おまえだけが頼みなんだよ！

景虎の心にはあの言葉がいまも焼きついている。

「オレはこの世に大勢いる朽木たちのために戦う……」

「所詮は、牧羊犬か……」

信長は目だけで笑い、景虎を凌《しの》ぐほどの気炎を一気に燃え立たせた。

「だが、貴様の本性は飢《う》えた狂犬だ。全ての羊を嚙《か》み殺して牧柵を燃やしたい衝動を抱えた狼《おおかみ》だ。愚鈍《ぐどん》な謙信は狼の子とも知らず、育て上げて飼ってきた。わしにはわかる」

「おまえの言うことは、ちがう」

「羊どももいずれ臭《にお》いで気づくだろうよ」

信長が《力》を生みだしていく。

「案ずるな。己は牧羊犬と思い込んでいられるうちに、この手で殺してやる」

「信長ァ……ッ」

「はあああ！」

撃ち放った。

景虎はすかさず《護身波》で受け止める。

「次はない。これが最期だ。景虎」

「おまえを《調伏》する！」

激しい念の応酬《おうしゅう》となっていく。ふたりのパワーはこれまでの比ではない。産子根針法が信長からリミッターを外したとでもいうように、地面を唸らせて景虎に襲いかかる。

景虎もまた降三世明王《ごうざんぜみょうおう》によって未知の領域まで引き上げられた《力》を解放する。巫女《みこ》として充分に整えられた美奈子の肉体は、景虎の膨大な《力》をがっしりと受け止めた。しなやかに確実にコントロールして急所めがけてぶつけていく。

何度もぶつかりあう念が、大地を揺さぶり、激しく振動させていく。

エネルギーの塊と化したふたりの一騎打ちだ。もう誰も間に入ることができない。

「景虎……ッ」

勝長も手が出せない。遠くから見つめているしかない。

両者は互いを凌いで凌いで、凌ぎ続けて強さが強さを生み、急角度の上昇曲線を描いて高まっていく。凄まじいインフレーションだ。産子根針の力がなくとも、ふたりはそれ以上のエネルギーを生み出した。留まるところを知らない。
（人間の領域じゃない……！）
この究極とも言える闘争の行き着く果てが、たとえ自分たちをも巻き込む大崩壊であったとしても、全てを見届けるしかないと勝長は覚悟した。
景虎と信長の力が限界点で拮抗《きっこう》する。強く両腕を突っ張って耐える。だが、信長の気の量がごくわずかに上回る。本能がそれを察知する。理屈ではない。動物の本能だ。勝敗はそれを察知した瞬間に決まる。
刹那《せつな》――。
《景虎様！》
何かに遠くから加勢された感覚がした。直江だった。直江の霊魂《れいこん》はかろうじて無事だった。両者のそばには近寄れなかったが、離れた場所から確実に霊力を乗せてくる。
《景虎！》
《景虎！》
長秀と晴家もいる。肉体は木《こ》っ端微塵《ぱみじん》にされてしまったが、霊体のまま景虎に力を貸してくるのだとわかった。それはもう物理的な何かではない。目には見えず測ることもできない粒子のような意志だ。

それが景虎の背中を押した。

「ウオオオオオ！」

景虎が咆哮をあげる。

信長も咆哮をあげる。

爆発が起こった。

ふたりは同時に吹っ飛ばされた。

火砕サージを思わせる土煙が襲いかかってきて、熱風に焼かれた肌は黒く焦げ、頭から体中埃まみれになる。

体中血だらけになり、熱風を吸い込んだ喉《のど》はヤケドして、まともに息ができない。それでも景虎はぼろきれのようになりながら立ち上がり、腹を押さえた。そこにまだ命の気配を感じた。確かに感じた。直江の子は生きている。それが自分の最後の力だと感じた。

(力を貸してくれ。直江。美奈子)

景虎は印を結ぶ。

血まみれの手で毘沙門天の印を結ぶ。

「〃𑖪𑖹《バイ》〃！　のうまくさまんだ　ぼだなん　ばいしらまんだや　そわか！」

土砂の下からむくりと信長も起き上がる。片眼が潰れ、肉が大きくえぐれていたが、ここにいるのは瀕死《ひんし》になってこそ巨大な力を生む怪物だった。

「コレガ……サイゴダ……！」

その掌に《破魂波》が生み出されていく。

摂氏《せっし》何万度の溶鉱炉《ようこうろ》が掌の中にあるようだ。信長の力を凝縮させた太陽は、急速に膨れあがっていく。次が今生最後の一撃になるということは、お互いもう充分に知っていた。

「南無刀八毘沙門天！」

景虎の印に集まる力も、みるみる大きくなっていく。それもまた景虎が生んだ太陽だ。

地上に生まれたふたつの太陽は、猛烈な勢いで自転しながら空間を歪《ゆが》ませ、得体の知れないプラズマを暴れさせて、果てしなくエネルギーを抱き込んでいく。

「悪鬼征伐！　我に御力《おんちから》、与えたまえ！」

景虎が、天も砕けよとばかりに叫ぶ。

その力を一点めがけて撃ち放つ。

「《調伏》！」

信長が《破魂波》を撃ち放ったのと同時だった。

撃ち放たれたふたつの太陽が真正面から衝突する。

空間が裂けた。

目の前で核融合が起きたとでもいうような、壮絶な一瞬だった。

計り知れない超高熱が在《あ》るもの全てを灼《や》き、その零《れい》コンマ何秒かのあと、衝撃波が広がった。

極小から極大へ。

ぶつかりあったふたつの力が、辺りにあるものをことごとく破壊していく。

景虎も信長も、一瞬で飲まれた。

一瞬で意識は終わった。

肉体は焼かれるよりも先に消滅した。

肉片にすらならなかった。

ふたりを形作っていたものはすべて原子レベルで崩壊した。

だが、衝撃波はそこからさらなる地獄を生みだした。

瞬《また》く間にせり上がってきたマグマが火口底を干上がらせるより早く、爆発が起こった。

水蒸気爆発だった。

無数の噴石が天高く舞い上がる。

中岳火口が噴火した。

「景虎ああああ！」

火砕サージは離れた場所にいた勝長のもとにまで押し寄せた。熱風を伴《ともな》って襲いかかってきた火砕サージを《護身波》で防ぐ。それだけで精一杯だった。

辺りにあったものは、草木も岩も次々と発火した。

焦げた臭いがあたりを覆い尽くす。

至近距離で稲妻《いなづま》が真横に走り、噴煙を切り裂いていく。

大地を揺るがす轟音が、阿蘇一帯に響いた。


噴煙は何万メートルとあがって、夜空を赤く焦がしていく。

それは闇の中に生まれた巨大な火柱となって、天地をつないだ。

炎の帯を長く引いて、四方八方へと無数に墜《お》ちていく噴石はまるで、地下から生まれでた龍《りゆう》の群れだ。

阿蘇の神の名が、健磐龍命《たけいいわたつのみこと》と名付けられたのはおそらく、この光景ゆえなのだ。

人々は畏怖《いふ》を抱えて遠くから見上げていることしかできない。

どこからかサイレンが響き、草千里《くさせんり》に次々と麓から赤色灯《せきしよくとう》があがってくる。


虚空には月が浮かんでいる。

赤く燃え立つ涅槃《ねはん》像のそばに、寄り添うように浮かんでいる。

曼珠沙華《まんじゆしやげ》の炎に焼かれた魂を見守るかのように。

昭和三十七年。
ひとつの戦いは幕を閉じた。
死の炎に焼かれた大地に、まだ春は来ない。
焦げた大地には雪が降る。
傷つき果てた魂を眠らせるように。
亡骸《なきがら》もない死者たちの上に雪が降る。
粛々と雪が降る。
鎮魂《ちんこん》の雪が。

終章

……

やみのなかでは
ときがゆるやかに　ながれる
くろく　ゆるく　うずをまく
やわらかく　ゆれる　ゆるいどろ
どろどろと　どろどろと……
こうしてとけたまま
どれだけのさいげつが
ながれただろう

ここにはなにもない。

おおきなじかんだけがある。

ひかりの差さない、やすらかな闇《やみ》だ。
ここにはただ、闇だけが広がっている。
ゆるく、やわらかく、ぬくもりもないがつめたくもない。
魂《たましい》はただ、闇に浮かんで、たゆたっているだけ。
ときも忘れて、たゆたって、
ゆるやかにたゆたって、
ゆっくりと、もういちど、かたどられていく。

景虎《かげとら》はゆっくりと目を開いた。
まぶたをあけても、そこには真っ暗な闇しかみえなかった。
ずいぶんと長く、眠っていたような気がした。
ぼんやりとして、それまでのことがなかなか思い出せない。
ここは、どこだ。
遠い遠い昔に、来た覚えがある。
なにもない場所。

闇だけがある場所。

《天の闇界《くらきほとり》》……たしかそんな名前だった。

あの世とこの世の狭間にあって、そのどちらでもない空間のことだ。

鮫《さめ》が尾《お》城で最初の死を遂げたあと、謙信《けんしん》公の導きでここへとやってきた。

怨霊《おんりょう》大将として暴れきった魂を、鎮《しず》めるために。

オレはまた……ここにきたのか。

どうやって。


——目が覚めたか。


呼びかけてきたのは、大いなる意志だった。その意志は声を持っていた。厳粛《げんしゅく》で重々しい男の声だった。景虎にはわかった。その意志が誰のものであるかを。

謙信公……、その声は謙信公ですね。

どこにおられるのですか、謙信公。

姿をお見せください。

《目には見えずとも、おまえには私が感じとれるはずだ》

ええ、ええ。感じ取れる。

あなたの姿は見えずとも、闇の海には懐かしい気配が満ちている。

まるで越後《えちご》の海にいるようだ。

私にとって、あなたは唯一の星だった。ただひとつの北極星だった。

清冽《せいれつ》な白い光を放つ、ひとつ星。

目を閉じれば、見えてくる、白いひと。僧形《そうぎょう》の武将。義の武将・上杉《うえすぎ》謙信。

凛々《りり》しい目鼻立ちは緊迫感を湛《たた》え、誇《ほこ》り高く意志の強い口元には髭《ひげ》を蓄え、どこまでも深く穏やかな眼差《まなざ》しで、こちらを見おろしている。

《目が覚めたか、……景虎》

はい……、義父上《ちちうえ》。

私は、どうしてここにいるのでしょうか。いつからここにいるのでしょうか。

ずいぶん長く眠っていたような気がする……。体が鉛《なまり》のように重くて、気を抜くと、またあの闇の泥《どろ》に溶けていってしまいそうだ。

《……そなたは、砕けかけていた》

謙信は厳《おごそ》かな口調でそう答えた。

《信長《のぶなが》の力を受けて、霊魂《れいこん》が壊れかけていた》

それはひどい状態だった。信長の《破魂波《はこんは》》は確実に景虎の魂を砕きかけたのだ。景虎が放った《調伏力《ちょうぶくりょく》》と完全に相殺されることはなく、景虎の魂魄《こんぱく》は深傷《ふかで》を負った。

謙信がここへと引き上げてくれなければ、あのまま消滅していたかもしれない。
ひどく損傷した魂を闇の泥にひたして、ひたすら治癒《ちゆ》を行った。
その間、景虎の心もまた、闇に漂《ただよ》って漂って、いったい何年が過ぎたのだろう。
癒《い》えるまで長い時間がかかった。
もう元には戻らないかもしれない、と思われたほどだった。
魂を癒やしの闇に浸しながら、景虎は、長い、長い夢を見ていた。
闇の中にうずくまって、終わることのない夢を見ていた。
《……かなしかったのか》
いたわるような声で、謙信は言った。
《そなたはずっと……闇にくるまって、子供のように泣いていた》
魂は血を流しながら、心は涙を流していた。
尽きることのない後悔と、悲しみの涙が。
なぜなのです。謙信公。
なぜ、私を救ったのです。
私はもう、終わりにしたかったのです。
もう生きることには疲れ果てた。
これで終わりにするつもりだったのです。信長に魂を砕かれても、本望だったのです。

このまま、逝《い》かせてください。謙信公。
上杉景虎という人生を終わらせて、浄化させてください。
もうなにも背負わずに消えていいのだと言ってください。
なにもかも疲れてしまった。
かなしむことにも、あいすることにも、せめることにも、にくむことにも。
もうここまでにしたいのです。
終わりにしていいと言ってください。

私は、あなたの真心まで疑った。
なにも答えてはくださらないあなたを疑って、恨みを抱いて、背を向けようとした。
私にはもう、あなたの御心《みこころ》にかなうものがない。
見捨ててよいのです。義父上。
私のようなものなど。
愛する者を苦しめ続けて、誰ひとり救うことができなかった。
すべては自分自身が招いた結果だ。
取り返しのつかないことをした。
私が許せなかったのは、直江《なおえ》ではないのです。この私自身なのです。

永久に許せないのは、私自身なのです。

オレがなにもかも押し潰《つぶ》した。愛する者はもう償《つぐな》うこともできない遠いところへ逝ってしまった。

私という人間の害悪が、最悪の形で結晶した。

消えること以外にこの罪を滅ぼす方法がわからない。

お願いです。謙信公。

私を捨ててください。


いいや……、景虎。それはちがう。

罪を滅ぼすために消えるのは、簡単なことなのだ。

一番簡単なことなのだ。

おまえはまだ消えてはならぬのだ。死が安らぎになると思っているなら、生き続けねばならぬのだ。それこそが、おまえ自身に課せられた本当の罪滅ぼしになるのだ。

自《みずか》らの害悪に屈することになるのだ。

おまえにはまだ、なすべきことがある。

あれを見よ。

闇の中に見えてきたのは、この世の景色だ。
小さな胎児《たいじ》が、誰かの腹の中で育っている。
《あれが誰だかわかるか》
景虎にはわからなかった。確かに胎動《たいどう》を始めている。
まだまだ小さな命。
《景勝《かげかつ》だ》
景虎は息を呑《の》んだ。……なんですって……っ。
《おまえの義弟。喜平次《きへいじ》景勝が……転生した》
景虎は絶句した。
喜平次景勝……上杉景勝。
御館《おたて》の乱で相争った男だ。上杉家の家督を巡って、越後を二分して戦った敵だ。
その景勝の魂が、いま、現代に生まれ変わって、誕生しようとしている。
《おまえは、あの者を護《まも》らなければならぬ》
どういうことですか……。景虎は問いかけた。
なぜ、私があの者を護らなければならぬのです。
景勝は換生《かんしょう》者なのですか？
《いいや、ちがう。完全なる転生だ。浄化されて、前世の記憶はない》

前世の記憶がないならば、別人も同然ではありませんか。

私は景勝に負けて死んだ人間ですが、もう景勝を憎んではおりませぬ。ましてや、前世の縁が切れたのならば、私とは無関係な者であるはず。

なんのために護るのです。

なぜ、護らねばならぬのです。

何から護らねばならぬのです。

《あの者は、人ではないからだ》

どういうことです。

人でないならば、なんなのです。

《この石に見覚えがあるか》

闇に浮かんだのは、小さな丸石だ。〝〟の梵字《ぼんじ》が浮かんでいる。

石太郎《いしたろう》が握っていた石だ。弥勒菩薩《みろくぼさつ》の仏性石《ぶつしようせき》だ。

まさか、と呟《つぶや》いた景虎は、ごくり、と喉《のど》を動かした。

……石は、三つ揃《そろ》っていたのですか。暗照大師《あんじようだいし》の言う通り、三つ揃ったのですか。

――三人だ。魔王の子は。信長は自らの三つ子を神器となす。

――その掌《て》の石を集めよ。さすれば、弥勒が降りてきて、魔王を滅する。

――三つの仏性石を集めた者が、御霊《ごりよう》を統《す》べる。

――火の山の腹より、弥勒は生まれん。

見よ、と再び、謙信が言った。

《弥勒が……生まれる》

景虎は信じられない面持ちで、その胎児を見つめている。

あなたは、ご存じだったのですか。

景勝がそういうものであることを知っていて、養子にしたというのですか。

もしかして、あなたは初めから……。

《景勝を護れ。あの者を目覚めさせてはならぬ》

謙信は厳かにそう告げた。

《誰にも利用させてはならぬ。目覚めさせぬまま、人としての一生を終わらせよ。それができなければ》

景虎は戦慄《せんりつ》した。

その言葉が含む物事を、理解したのだ。

信長は、と景虎は訊《たず》ねた。

信長はどうなったのですか。私はあの時《調伏》できたのですか。

《魔王はまだ、滅してはおらぬ》

謙信は重々しく告げた。

《ゆえに、滅せねばならぬ》

白い光の点はみるみる大きくなっていき、その形は、白馬の鞍上《あんじょう》にある僧形の武将となった。

謙信は景虎に告げた。

《皆、おまえを待っている》

景虎は振り返った。闇の中に夜叉衆《やしゃしゅう》の、いまの姿が浮かび上がった。

勝長《かつなが》は「阿蘇《あそ》の後」の全《すべ》てを背負って奔走《ほんそう》した。彼を除く三人は、直江と晴家《はるいえ》と長秀《ながひで》は、新しい宿体《しゅくたい》を見つけて換生した。姿形を変えた直江たちもそこに映し出されている。

景虎は後ずさった。

またあの場所に行かねばならないことへの恐れのほうが上回った。

だめです。私には無理だ。あそこにおりていけば、繰り返す。何度正しい道を選び直したつもりでも、景虎という人間が行き着くところには結局、破局と絶望が待っていた。

もう繰り返すのはいやだ。あそこには終わらない苦しみが待っている。

オレがオレである限り、抜け出せない六道《ろくどう》。あがいてもあがいても。

私にはできません、謙信公。

このままではまた同じことを繰り返す。

今のまま換生しても、だめだ。オレがオレである限り、だめなのだ。

あの続きを生きるのでは、もうだめなのだ。

あの破局こそが、四百年の答え。四百年かけてもがいてもがいて、どうにかしたいとあがき続けた挙げ句、起きたカタストロフィーの数々が、自分という存在の限界なのだ。

オレがオレである以上、行き着く果てなのだ。


換生して「見知らぬ少年」となった直江が、自分を捜しているのが、見える。

絶望の中で必死に景虎を捜している。そうだ。彼らにはここが見えないのだ。

——景虎様！　どこにいるのですか、景虎様！

直江たちには安否《あんぴ》すら、わからない。景虎はもうこの世には存在していないかもしれない。

そんな恐怖に苛《さいな》まれながら、絶望の中で直江が捜している。

永久に許さない、と言い放たれた直江が。

あの苦しみをいまだに引きずって。

美奈子《みなこ》のことも……景虎の罪も、あの事件に関わる全ての罪も一身に背負って。

苦しみもがきながら、なお生きている。


直江……。

おまえはどうして、そうなのだろう。

どうして、そうあれるのだろう。

その在《あ》り方が、いつの時もオレに、次の一歩を踏ませる力をくれた。どんなに苦しい状況でも、おまえのそのまごうことなき本当の強さに、心を動かされ続けてきた。

おまえのその苦しみは、おまえにしか背負えない。

わかっていても、そうだとしても、どうにかして拭《ぬぐ》ってやりたい。どうにかして、その苦しみを取り除いてやりたい。そして、できることなら、いまこの時も血を流し続ける傷口を塞《ふさ》いでやりたい。その悲しみも癒やしたい。美奈子のように。

それができるのは、オレだけ。

世界でただひとり、オレだけ。

直江を永久に苦しめたままではいさせない。そのために。

オレは行かなければ。

もう一度、あの場所に行かなければ。


やり直したい。なにもかも。

すべてをゼロに戻して。

オレがオレである限り、あの破局から先には進めないのだとしたら、
記憶を捨てて。人格も捨てて。

許されるならば、もう一度、真新しい自分になって、直江と「こうならずに済んだ未来」を

探したい。

いま、自分を突き動かすものがあるとしたら、ただ、それだけだ。


ただ一度のお願いです、謙信公。

私の記憶を消してください。

四百年の記憶を消して、もう一度、あそこに送り込んでください。

全てを消せとは言いません。つとめを果たすために、ひとつの暗示をかけてください。景勝を護るという、消えない使命を魂に刷《す》り込む。

使命は果たします。謙信公。

だから、やり直すチャンスをください。

全てをゼロに戻した自分に未来を託します。

絡みきってほどけなかった糸も、辿《たど》り着けなかった場所も。

新しい自分に託したい。

投げ出すのではない。挑むのだ。絶望に屈したのではない。希望に膝《ひざ》を屈した。オレは希望に降伏して、そこから新しい場所へと踏み出す。もう一度。

もう一度、仲間たちのもとへ。

もう一度、おまえのもとへ。

直江——。
オレを探し出してくれ。記憶を消して真っ白になったオレを。
おまえならきっと探し出せる。
あまたの人間たちの中から、この魂を、きっと探し出すだろう。
そして、始めよう。もう一度。
今度こそ、たどり着こう。おまえと。
オレとおまえの、最上の場所へ。

その意志を受け止めた謙信が、導く。
闇の中に一筋の光が差し込む。
謙信が指をさした。
いきなさい。景虎。
おまえの道を歩むがいい。悔いのない道を。
私はここから送りだそう。最愛の息子よ。北の守護神を継ぐ者よ。
いきなさい。光の差すほうへ。

景虎は歩き出す。
顔をあげ、歯を食いしばって、目だけはまっすぐに。
そこに待っているのは、小さな命だ。
いまはまだ母の胎内《たいない》でまどろんでいる。
景虎は目を閉じた。その魂は光を受けて白く塗りつぶされていく。
真っ白な雪原《せつげん》を思わせる。
忘れ得ない微笑が、光の中にみえる。

〝……天からあなたたちを、見守っている……〟

その街の夕暮れは、どこの街よりも、西日の赤色が鮮明であるように思えた。

夕映《ゆうば》えが舗道を照らして、街路樹の輪郭《りんかく》は炎で縁取られたように赤く滲《にじ》んでいる。

高台の住宅地は、車も滅多に通らない。どこかの学校の校庭から、部活動にいそしむ野球部員の声に混じって、時折、金属バットの打撃音が甲高《かんだか》く、晴れた空に突き抜けていく。

成田譲《なりたゆずる》の自宅を後にした直江信綱《のぶつな》は、数歩歩き出してから、ふと何かに呼ばれたような気がして、ガードレールの向こうを振り返った。

坂の上からは北アルプスの峰々《みねみね》が望めた。五月になってもまだ白く冠雪《かんせつ》している。それはこの街ではごく当たり前の風景だったが、よそから来た人間の目には、はっとするほど美しい。

夕映えの雪山を見て、直江は遠い記憶を呼び起こされた。

それは阿蘇の記憶だった。

いつか美奈子と眺めた風景が、ふいに甦《よみがえ》って、直江の足を数瞬、留めた。

五月の薫風《くんぷう》に、雪のにおいが混ざったような気がした。

――今夜は、つもるかしら……。

ふと、予兆めいたものを感じた直江は、奇妙な確信とともに舗道の先へと視線を返した。

高校生の男女がやってくる。

じゃれあうような声は、無邪気な子犬のようだった。

制服を少し着崩した男子高校生は、黒髪をかきあげながら、近づいてくる。少し右肩を下げた癖《くせ》のある歩き方に、直江は加瀬賢三《かせけんぞう》の面影を見いだすことができた。

雑踏の中でも、必ず見つけることができた。終戦直後の新橋《しんばし》の、あの濃厚な人熱《いき》れに一瞬包まれたような気さえした。くわえ煙草《たばこ》こそ、していなかったが。

目に被さる前髪の奥から、奥二重気味の鋭い瞳《ひとみ》がこちらを捉《とら》えた。

直江は歩き出す。その瞬間を逃さないように。

もう一度、出会うために。

棒立ちになっていた仰木高耶《おうぎたかや》が、すれちがいざま、直江に向けて、声をかけた。

「待てよ、あんたっ」

北アルプスの峰々が、赤い蜃気楼《しんきろう》のように滲んでいる。炎に照らされたように。

物語は今、ここから始まる。

『炎の蜃気楼昭和編』・完

あとがき

昭和編は私にとって、二十七年前の自分から出された宿題のようなものでした。

大筋は本編の回想で何度も触れていましたが、いざそれを小説として描く、となると、それはもう……。修行と思えるほどでした。

特に阿蘇《あそ》に入ってからのエピソードは、どれだけ私を鍛えようというのか（主にメンタル面で）……。とはいえ、そのおかげで最後まで気持ちを緩《ゆる》めることなく、一章一章、入魂して書くことができたのではないかと思います。

本編が十四年前に終わった時、私の中で物語は一度完結しました。

ですから、過去編の続きを書くことになった時、正直、どこにモチベーションをもっていけばいいのか、わからなくなったこともありました。

でも今振り返ると、この過去編は、本編では描ききることができなかった「換生《かんしょう》」という行為をきちんと描くために、運命が与えてくれた機会だったのかもしれません。

そしていま、過去を巡ってきた環は結ばれ、本編の一巻と繋《つな》がりました。

この巻では、事件の詳細な顚末《てんまつ》まではあえて頁《ページ》を割きませんでした。それらは本編を読んでいただければ、自《おの》ずと伝わるものだと感じたからです。

読み終えたあと、本編の一巻を手に取る方もいるでしょう。

そして当時の、拙《つたな》く未熟でたどたどしい文章に、触れることになるはずです。

それはまさに真っ白から始めた高耶《たかや》のつたなさであり、未熟さです。四百年かけて成熟した昭和編の景虎《かげとら》とのギャップを、私自身が文章で同じように体験している不思議を感じます。

ミラージュは、運命をつれてくる作品でした。

特に昭和編では、そのことを強く感じます。

昭和編を執筆した期間はほんの四年でしたが、その間に四回も舞台化され、たくさんの皆さんに観《み》ていただくことができました。

先日上演された舞台第四弾『炎の蜃気楼《ミラージュ》昭和編　紅蓮坂ブルース』も本当に熱く美しい作品となり、たくさんの胸が切なくなるような場面に魂《たましい》を搔《か》き立てられました。

原作小説と一緒に伴走《ばんそう》してくれた舞台『炎の蜃気楼昭和編』シリーズ。全スタッフと全キャストの皆さんの情熱と団結と力強い意志が、私の背中をこれでもかと押してくれました。

ラストを飾る第五弾も、きっと実現することと思います。

DVDの発売は春の予定とのことですので、ぜひ公式サイトをチェックしてみてくださいね。

イラスト担当の高嶋上総《たかしまかずさ》先生。

高嶋先生の描いてくださった魅力的なキャラクターたちに毎回心を揺さぶられながら、執筆を終えることができました。その絵にこめられた昭和三十年代という泥《どろ》臭くも華やかな時代の空気感、熱気、そしてキャラクターたちの地に足の着いた存在感……。その魅力にどれだけ助けられたかわかりません。高嶋先生のクオリティーの高さに負けない小説を書こうと、がんばったつもりでおります。心から眼福《がんぷく》でした。本当にありがとうございました。お疲れ様でした。

編集担当の石田《いしだ》様。

妄想《もうそう》力と考察力の鬼、石田さんがくださる示唆《しさ》の数々。昭和編をこれだけモチベーション高く書き続けてこれたのは、ひとえに石田さんがこの物語やキャラクターの関係性に一緒になってのめりこんでくれたおかげです。編集者の熱さは、作家に伝わるのだと教えてもらいました。あなたが昭和編の担当でいてくれて、本当によかった。ありがとう。

そしてコバルト編集部及び集英社の皆さん、編プロの皆さん、図書印刷《としょいんさつ》様。ご迷惑をかける場面も多々ございましたが、無事発行できましたのは皆様のご尽力のおかげです。私の目に見えないところでこの作品に関わってきた全ての皆さんに深く感謝申し上げます。

最後に、読者の皆様。

この長い長い物語に、最後までおつきあいいただきまして、本当にありがとうございました。

二十年前とは違って、何十冊と続く長編を出すことは、ますます難しい世の中になってきています。そんな中で、二十七年七十冊を超える大長編を書けたこと。こんなに幸運で幸福な作家が、この地球上に、いったいどれだけいるでしょうか。

しかも、最後の四年を、最後の一冊を、こんなに濃く熱く執筆できたこと。

皆様が熱く応援してくださったおかげと、心から感謝いたします。

この作品を愛してくださって、本当にありがとうございました。

これから何十年と経《た》って、お話の内容も忘れてしまう日が来るかもしれません。

その時は、何度でも、この物語と出会ってあげてください。

あなたが手放さない限り、この物語は消えません。何度でも何度でも、出会ってください。

景虎と直江《なおえ》のように。

ありがとうございました。

二〇一七年十二月　　　　　　　　　　　桑原水菜

※この作品はフィクションです。実在の人物・団体・事件などにはいっさい関係ありません。
※当作品は昭和三十年代を舞台にしているため、現在では使用しない当時の用語が出てくる場合があります。

くわばら・みずな

9月23日千葉県生まれ。天秤座。O型。中央大学文学部史学科卒業。1989年下期コバルト読者大賞を受賞。コバルト文庫に「炎の蜃気楼」シリーズ、「真皓き残響」シリーズ、「風雲縛魔伝」シリーズ、「赤の神紋」シリーズ、「シュバルツ・ヘルツ－黒い心臓－」シリーズが、単行本に『群青』『針金の翼』などがある。趣味は時代劇を見ることと、旅に出ること。日本のお寺と仏像が好きで、今一番やりたいことは四国88カ所踏破。

炎の蜃気楼《ミラージュ》昭和編
散《さん》華《げ》行《こう》ブルース

COBALT-SERIES

2018年1月10日　第1刷発行

★定価はカバーに表示してあります

著者　桑原水菜
発行者　北畠輝幸
発行所　株式会社 集英社
〒101－8050
東京都千代田区一ツ橋2—5—10
電話
【編集部】03-3230-6268
【読者係】03-3230-6080
【販売部】03-3230-6393（書店専用）

印刷所　図書印刷株式会社

ISBN978-4-08-608060-6 C0193

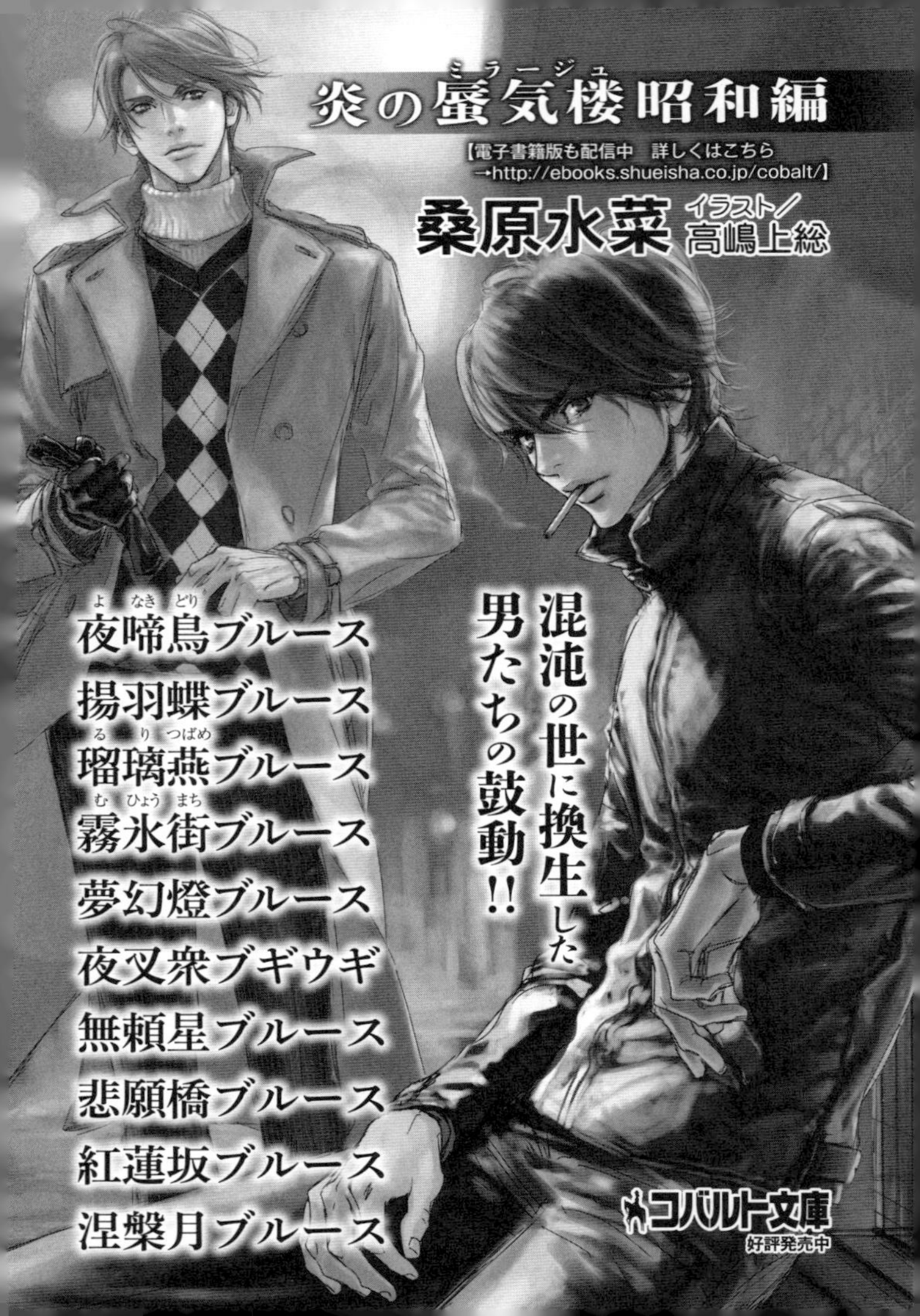
炎の蜃気楼《ミラージュ》昭和編
【電子書籍版も配信中　詳しくはこちら
→http://ebooks.shueisha.co.jp/cobalt/】
桑原水菜
イラスト／高嶋上総
混沌の世に換生した
男たちの鼓動!!
夜啼鳥《よなきどり》ブルース
揚羽蝶ブルース
瑠璃燕《るりつばめ》ブルース
霧氷街《むひょうまち》ブルース
夢幻燈ブルース
夜叉衆ブギウギ
無頼星ブルース
悲願橋ブルース
紅蓮坂ブルース
涅槃月ブルース
コバルト文庫
好評発売中